세상의 빛과 희망으로 존재하는

아름다운 당신에게

______________________ 님께 드립니다.

365일 마음이 자라는 생활 명상집

一指 이승헌의 붓그림 명상

차 례

새로운 시작이다

어젯밤의 어둠이 아무리 캄캄했다 해도
오늘의 태양이 떠오르는 것을 막지 못한다.
새로운 시작이다.

변 變

아침 해가 뜨는 모습을 보라.

오늘의 새로운 태양이
어젯밤의 묵은 어둠을 밀어내며
하루를 여는 모습은
그 무엇보다 강력한
희망과 재생의 상징이다.

태양과 지구가 생긴 이래
단 하루도 거르지 않고 계속된 우주의 경건한 의식과 함께
하루를 시작할 수 있는 사람은
결코 한두 번의 좌절에 쉽게 넘어지지 않을 것이다.

해가 뜨고 지는 것을 자주 보는 사람은
누가 일러주지 않아도 생명의 순환에 눈을 뜨고,
그것으로부터 지혜를 얻는다.

마치 시골에서 나고 자란 소년이
한 해의 순환을 시작하고 마치는 들판을 보며
자연스레 인생을 배워 나가듯이.

우주의 부산한 아침맞이에 동참하라.
하늘과 땅이 깨어날 때
그 웅장하면서도 고요한 기척을 알아듣고
함께 일어나 신성한 아침에 경배하라.

일출과 일몰 사이,
하루의 존엄을 위대하게 살아내라.

오늘 하루는 어제의 반복이 아니다.
오늘은 어제의 후회나 안타까움,
슬픔이나 좌절이 결코 침범할 수 없는,
내가 새롭게 창조할 수 있는 신성한 시간이다.

오늘은 새로운 날이다.

행복은 선택이다

다른 사람이나 외부의 환경에
당신의 기쁨과 행복을 맡기지 마라.
밖에서 오는 행복은 설탕물과 같아서
당신은 곧 갈증을 느끼게 될 것이다.
당신 안에 있는 마르지 않는 샘을 찾아라.
그 샘에서 당신의 기쁨과 행복을 길어 올려라.

복福

우리 안에 충분한 기쁨과 행복이 있는지 그렇지 않은지
확인하는 유일한 방법은 그것을 써 보는 것이다.
써 보면 느껴지고 알게 된다.

기쁜 일이 없더라도 의식적으로 미소 지어 보라.
그러면 당신 안에 잔잔한 기쁨이 일어날 것이다.
기쁘기 때문에 웃는 것이 아니라,
웃음으로써 기쁨을 만들어 보는 것이다.

당신이 아무리 불행한 처지에 있다 하더라도
의식적으로 행복을 선택하면
당신 안에 이미 충분한 행복이 있다는 것을 알게 된다.

우리 내면에 기쁨과 행복이 존재한다는 것을 인정하고,
그것을 자꾸 써서 무한하게 키워나가라.

'아무리 찾아봐도 내게는 행복이 없다'고 생각되거든
행복을 미리 당겨서 써라.
행복의 신이 외상값을 받기 위해서라도
당신을 찾아올 수밖에 없도록.

아침에 눈을 뜨면 조용히 미소를 지어 보라.
아니면 소리 내어 "나는 행복하다"고 말해 보라.
그 순간 당신 주위로 행복의 기운이 몰려온다.
그 느낌을 기억하고 틈날 때마다 표현하라.

중요한 것은 자신 안에
무한한 기쁨과 행복이 존재한다는 것을
스스로 믿고 인정하는 것이다.

순간 순간 미루지 말고,
바로 바로 기쁨을 선택하고 행복을 선택하라.

지금 당장 행복을 미리 당겨서 써 보라.
우리가 가진 행복의 카드는 만기일도 없고
한도액도 없어 무제한으로 쓸 수 있다.

지금 이 순간

과거의 그 어떤 것도 지금 이 순간의
새로움과 신성함을 훼손할 수 없다.
우리는 늘 지금 이 순간을 자각하고
새로 시작할 수 있다.

존재하는 것은 이 순간,
지금밖에 없다.

과거가 아무리 아름답다 할지라도
그것은 이미 지난 일이다.

아무리 멋진 미래가 예정되어 있다 할지라도
그것은 아직 오지 않았다.
바로 지금 외에는 모두 환상일 뿐이다.

지금 속에는 아무것도 없다.
지금 속에는 기쁨도 슬픔도 없고,
성취도 실패도 없다.

지금은 분으로도, 초로도 구분할 수 없는 시간이다.
시간의 개념으로 잴 수 없는 찰나 속에서
우리는 진정한 자기 자신을 만날 수 있다.

매 순간 우리는 새로운 기회를 맞는다.
방금 전까지 내가 가졌던 모든 것은
지금 이 순간의 나와는 아무 관계가 없다.

우리가 방금 전까지 어떤 사람이었든,
어떤 상황에 처해 있었든 그것은 절대적이지 않다.

시작도 끝도 없이 홀로 존재하는
생명의 자리로 돌아가서 새로운 힘을 얻고,
바로 지금 당신이 원하는 삶을 시작하라.

지금 이 순간을 자각하면
매 순간이 새로운 시작이며
새로운 기회이다.

사람의 길을 걷는다

아래로는 땅이 나를 든든하게 받쳐주고 있다.
위로는 무한한 허공이 나를 향해 열려 있다.
두 발로 서서 그 하늘과 땅을 잇는 내 몸을 느낀다.
이렇게 두 발로 서서 하늘 아래 땅 위에
사람의 길을 걷는다.

인중천지일人中天地一

지금 두 발로 바르게 서 보라.

할 수 있다면 신발과 양말도 벗고 맨발로 서보라.

발바닥이 바닥에 빈틈없이 밀착하는 느낌이 들도록

자세를 잡아보라.

그렇게 서서 가만히 발바닥에 집중하고 있으면

어느 순간 발바닥으로 몸 전체의 무게가 느껴진다.

아무 걸림없이 몸의 무게가

고스란히 발바닥으로 전달되는

그 감각을 찾아보라.

발바닥을 통해 땅으로 전해지는 내 몸의 무게,

그리고 그 무게를 받쳐주는

대지의 힘이 느껴진다.

이것은 생생한 생명의 느낌이다.
내가 여기 이렇게 살아 있다는 생생한 존재감,
내 몸과 생명을 지탱해주는
땅에 대한 감사와 겸손의 마음이
저 깊은 곳에서 우러난다.

발바닥의 느낌이 강해질수록
하늘을 향한 머리 끝 정수리의 느낌도 강해진다.

아래로는 굳건한 다리와
에너지로 충만한 아랫배가 느껴진다.
위로는 시원하게 열린 가슴과
청량한 머리가 느껴진다.

이렇게 두 발로 서서
하늘과 땅을 품은 사람의 마음에는
사랑이 흘러넘친다.

당신의 몸 속에서 쉬어라

당신의 몸을 편안하게 앉혀라.
숨을 고르면서 마음이 그 몸을 바라보게 하라.
그리고 스스로에게 "괜찮아" 하고 말해 보라.
그때 당신의 영혼은 편안해지고,
몸도 따라서 편안함과 새로운 힘을 얻는다.

안安

당신은 당신 안에서
진정한 힘과 휴식을 얻을 수 있다.
당신의 몸은 당신의 안식처이자
에너지 발전소이다.

당신에게 완벽한 휴식을 제공할 수 있는 곳은
당신의 몸 안이다.

몸을 끌고 아무리 멀리 가도
당신 밖에서는
진정한 휴식을 찾을 수 없다.

힘들고 혼란스러울 때
당신의 몸 안으로 들어가라.

몸을 편안하게 하고 숨을 고르면서
내가 나에게 "괜찮아" 하고 말하면
이 한마디로
우리 영혼은 힘을 얻는다.

우리의 영혼은 다른 사람이 아닌
자기 자신의 위로에 더 큰 힘을 얻는 법이다.

인생은…

Life Is Nothing.
인생은 아무것도 아니다.
인생에 아무런 의미가 없다는 것보다 더 큰 위안과 축복은 없다.
당신의 인생에 미리 정해진 운명이나 의도 같은 것은 없다.
그러므로 당신은 자신의 삶에 스스로 의미와 가치를 부여하고,
그 가치를 실현하기 위한 창조활동에 몰두하면 된다.

무 無

삶에는 아무런 의미가 없다.
삶에 미리부터 정해진 어떤 의도가 있는 것은 아니다.
삶에는 정말 아무런 의미가 없다.
그러하다는 것을 철저하게 깨달아야 한다.

그러나 의미 없는 삶의 허망함에 좌절하지는 말라.
그 철저한 의미 없음을 자각하는 자리가 곧
무한한 창조가 시작되는 지점이기 때문이다.

참다운 무無를 깨달아
스스로 '나'라고 생각했던 모든 허상들이 사라질 때,
홀로 시작도 끝도 없이 존재하는 생명이
비로소 마음에 와 닿는다.
자기 자신의 근원이 '무'라는 것을 모를 때는
허상인 자기 자신을 실현하기 위해서
온갖 싸움과 분열이 일어난다.

존재의 근원이 무라는 것을 알 때,
나라고 생각했던 모든 것이 사실은
실체가 만들어내는 일시적인 현상임을 깨달음으로써
집착을 버리게 된다.

집착이 사라진 자리에서
자유가 솟아나고 진정한 창조가 시작된다.

삶에 아무런 의미가 없다는 것을 뼛속까지 자각하라.
그리고 스스로 자신의 삶에 의미와 가치를 부여하고
그 가치를 실현하기 위한 창조활동에 몰두하라.

모든 것이 무인 줄 알면서도 꿈을 꾸고,
그 꿈을 실현하기 위해 자신의 생명을 바치는 것.
스스로 선택한 삶의 의미와 가치를 위해
최선을 다해 살아가는 것이 깨달은 이의 인생이다.

이 주의 명상 07

비상하라

마음의 힘으로 용龍의 기운을 부른다.
두려워할 것도 주저할 것도 없으니
세상의 그 어떤 비바람도 용의 비상을 가로막을 수 없다.
용트림하는 기운을 타고 마음껏 창조하라.

용龍

위대한 창조는
모험 없이는 할 수 없다.

안정을 원한다면 새로운 일을 벌이거나
미지의 세계로 성큼 발을 내딛는
일 따위는 잊는 게 좋다.

모험과 도전 없이 얻어지는 것은 없다.
세상의 많은 위대한 창조는
때로는 목숨을 건 모험 속에서 이루어졌다.

우리가 한계라고 생각하는 것들은
사실 착각인 경우가 많다.

미리 한계를 정해놓고
자신을 그 안에 가두지 말라.

자신의 한계를 절대화하지 말고
스스로에게 비상하는
용의 기운을 허락하라.

의식의 조리개를 활짝 열어라.
의지를 갖고 도전하여 새로운 세계를 만나라.
도전하여 부딪힐 때만
자신 안에 잠재된
무한한 창조의 에너지를 깨울 수 있다.

인생은 아름답다

넘어져도 다시 일어나서 걸으려 하는 의지가 있기에
우리 안에 삶에 대한 용암같이 뜨거운 열정이 있기에
그 모든 서툰 걸음과 잦은 넘어짐에도
인생은 그토록 아름답고 살 만한 것이다.

늦은 오후에 일엽차를 한 잔 마신다.
쌉싸름한 맛에 이어 단맛이 느껴진다.
쓰면서 단, 민감한 맛이다.
이 차 한 잔에 담긴 쓴맛과 단맛의 사이는
얼마나 깊고 넓은가?

인생의 잔에는 슬픔과 기쁨이 함께 존재한다.
슬픔이 싫다 하여 기쁨만으로 인생의 잔을 채울 수는 없다.
쓴 맛이 있기에 더 깊은 맛을 내는 일엽차처럼
삶의 고뇌와 슬픔을 배경으로
행복과 기쁨이 빛난다.

마음을 활짝 열고 삶의 모든 경험을 받아들이라.
그 어떤 순간도 대충 살지 말라.
슬픔과 고통의 순간마저도
위대하게 살아내라.

인생의 길을 걷다 넘어지는 것은
결코 부끄러운 것이 아니다.
일어나서 다시 걸으면 된다.

당당하게 외쳐라.
삶의 기쁨과 슬픔이여, 다 내게로 오라.
내게로 오는 것은 그 무엇이든
다 가치있고 아름답게 만들리라.

진정으로 자기 삶의 주인이 된 사람은
파도타기 하듯 인생의 희로애락을 타고 넘는다.
그 모든 것을 재료로 하여 자신의 인생을 예술로 만든다.

스스로를 바라보는 눈

우리는 수많은 생각과 감정과 습관 속에 있지만,
동시에 그것을 벗어나서 스스로를 바라볼 수 있는
또 다른 눈과 마음을 가지고 있다.
스스로를 바라볼 수 있는 눈, 그 관찰자의 눈이 살아날 때
우리는 진정으로 삶의 주인이 될 수 있다.

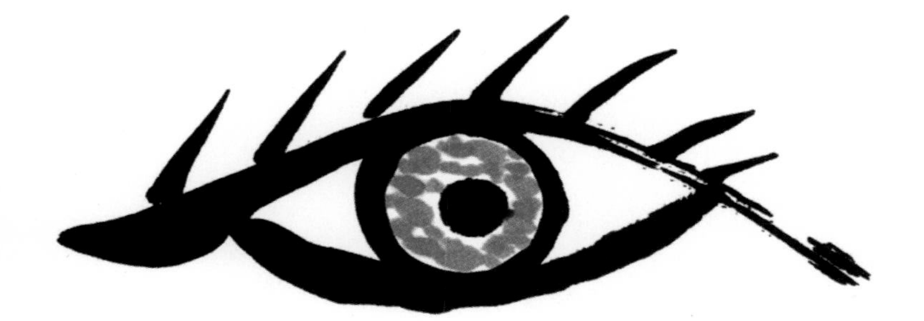

우리 마음 안에 우리를 옭아매는 수많은 거미줄이 있다.
생각과 감정과 습관들…
우리 마음 밖에도 우리의 자유를 방해하는 수많은 거미줄이 있다.
제도와 시스템과 사회적 관습들…

관찰자가 된다는 것은
이 거미줄을 보는 눈을 찾는 것이다.
보면 알게 되고, 알면 그런 거미줄의 노예가 되는 대신
선택할 수 있는 힘이 생긴다.
선택을 통해서 창조가 이루어진다.

이 거미줄 속에 사는 데 너무 익숙해져 있기 때문에,
처음에는 관찰자 의식이 낯설고
이 의식에 머물려면 많은 연습을 해야 한다.

그러나 관찰자 의식을 통해 계속 변화를 체험하다 보면
나중에는 관찰자 의식이 어떤 특수한 상태가 아니라,
사실은 가장 자연스러운 상태의 의식이라는 것을 알게 된다.

관찰자 의식의 가장 큰 특징은
자각하는 것이다.
즉 상황에 빠지지 않고 상황을 보는 것이다.

관찰자 의식이 없으면 상황 자체에 빠져버리고
자신과 상황을 분리할 수 있는 여유가 없다.
즉 상황을 곧 자기 자신이라고 생각해버린다.

관찰자 의식을 가질 때 상황이나 환경을
자기 자신과 분리하고
선택할 수 있는 힘을 회복할 수 있다.

관찰자는 조건이나 환경에 끌려다니지 않고
어떤 상황에서든 최선의 선택을 함으로써
스스로 자기의 삶을 창조해 나간다.

찬란한 고독

그 어느 누구와도 나눌 수 없는 깊은 고독 속에서
우리는 모든 생명이 안고 있는 외로움의 본질을 본다.
그것을 본 순간, 세상 모든 것을 향한 깊은 연민과 사랑이
우리의 가슴을 뜨겁게 달군다.

우리가 근본적으로 외로운 존재임을 아는 것은 지혜이다.
그 앎은 진실이기에 우리에게 힘을 준다.

역설적이게도 철저히 외로울 때
우리는 개체를 넘어서 전체를 느낄 수 있다.

마치 텅 빈 겨울 들판이 우리에게 충만함을 가르치고,
앙상하게 마른 겨울나무들이
뜨거운 생명의 열정을 상기시키듯
고독이 우리에게 연결과 소통을 가르친다.

절대적인 고독이 있기에
우리는 다른 생명들과 연결되고 소통하고자 하는
간절한 마음을 품는다.

자신만의 고독한 시간과 공간을 가진 사람은
참으로 복이 많다.

그들은 세상의 칭찬이나 비난에 쉽게 흔들리지 않는다.
진짜가 아닌 것들이 그를 약하고 지치게 할 때면
그는 언제나 그 고독한 시간과 공간 속으로 들어가
다시 힘을 얻을 수 있다.

오직 자신과 그 자신을 대면하는
또 다른 자신만이 숨쉬는 위대한 고독 속에서
그 어떤 것에도 집착하지 않고
그 누구에게도 기대지 않으니
세상은 그에게서 그 자신을 훔쳐갈 수 없다.

이 주의 명상 11

감정을 물감같이 써라

그대의 감정을 물감처럼 써서
삶이라는 캔버스 위에 아름다운 그림을 그리라.
그대의 영혼이 흐르는 대로
그대의 생명이 느껴지는 대로
모든 감정을 마음껏 표현하고 활용하라.

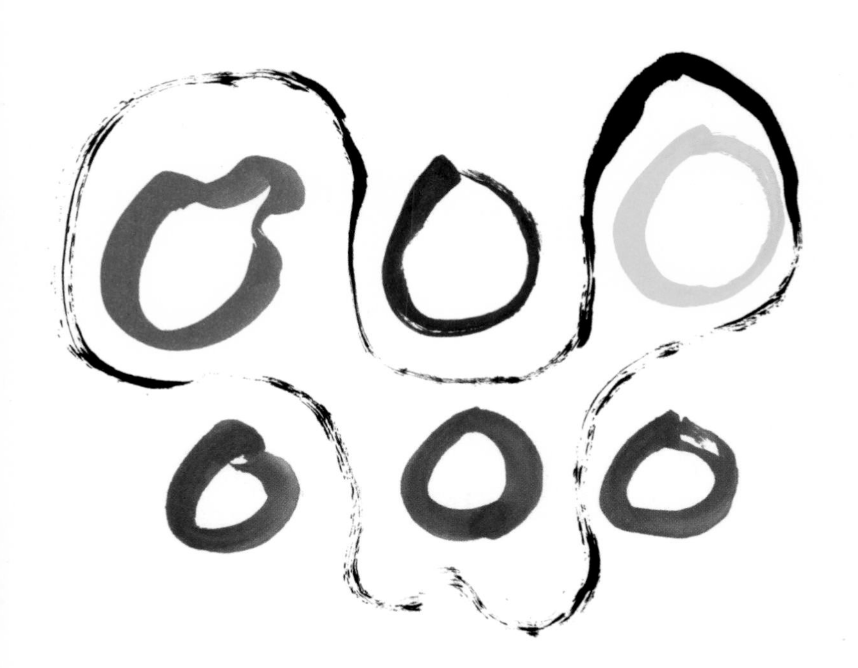

인간은 삶이라는 캔버스 위에
욕망과 감정의 붓대를 수없이 휘둘러대다 간다.
그 욕망과 감정들이 서로 부딪히고 흩어지면서
삶이라는 하나의 그림을 만들어낸다.

살아가는 동안 마음껏 욕망하고
마음껏 감정을 표현하라.
사랑, 기쁨, 슬픔, 외로움, 두려움, 고독, 절망, 희망…
그 모든 감정들을 물감같이 자유롭게 써라.

그러나 감정에 빠지지 말고
당신의 영혼을 느껴라.

당신의 감정이 당신의 영혼을 쓰는 것이 아니라
당신의 영혼이 당신의 감정을 쓰게 하라.

당신의 영혼이 비춰주는 대로
당신의 영혼이 꿈꾸는 대로
감정을 물감같이 써서
당신이 원하는 아름다운 그림을 그려라.

그러면 수많은 감정 속에서도
당신 자신을 잃지 않고
진정한 자유와 평화를 체험할 것이다.

이 주의 명상 12

생명의 리듬

자기를 만날 때까지, 자기의 가치가 느껴질 때까지 집중하라.
자기가 얼마나 아름답고 위대한지
가슴에 사무칠 때까지 집중하라.
거대한 에너지 속에서 그토록 위대하게 느껴지던
자기마저 완전히 사라질 때까지
신성한 생명의 리듬 속으로 깊이 깊이 들어가라.

율려律呂

머리가 복잡할 때는 하던 일을 멈추고
양손을 무릎 위에 편안하게 내려놓고
머리를 좌우로 가볍게 흔들어보라.
이것은 뇌파진동이라는 명상법이다.

이 간단한 동작을 반복함으로써
당신은 스스로 건강한 생명현상을 창조할 수 있다.
금세 아랫배가 따뜻해지고, 입안에 침이 고이며
눈이 밝아지고, 머리가 맑아질 것이다.

당신의 몸이 창조해 내는 왕성한 생명현상 속에서
생각과 감정이 가라앉고 텅 빈 고요가 찾아오면
당신에게 문득 하나의 자각이 떠오른다.

자신이 얼마나 소중하고 아름다운 존재인지를 깨닫게 된다.
나는 남보다 더 낫거나 더 못난 존재가 아니라
그 어느 누구와도 비교할 수 없는 절대적인 존재,
스스로 존재하는 자라는 자각이 찾아온다.

이때가 바로 당신 자신의 고유한 생명의 리듬을 찾은 때이다.
자기 자신에게 몰입하여 자신과 완전한 일체감을 느끼면서 자기 안의 생명이 고유한 리듬으로 활짝 피어난 것이다.

그 생명의 리듬과 하나 됨으로써
몸은 건강을 회복하고, 마음에 행복이 차오르며,
우리의 영혼은 깊은 평화를 체험한다.

중요한 것은 자기의 리듬을 찾고,
그 리듬을 자꾸 표현해보는 것이다.
그렇게 자기를 표현하는 과정에서
자신과 더 친해지고 몰입도 깊어진다.

자기의 리듬을 찾지 않고 다른 사람의 리듬만 흉내내면
정교한 복사는 할 수 있을지 몰라도
진정한 창조는 할 수 없다.

당신 자신의 리듬을 찾고 자신감 있게 그 리듬을 타라.
당신이 자신의 생명의 리듬과 하나가 될 때
당신은 그 리듬과 생명의 결을 통해,
만물에 조화와 질서를 부여하는 우주의 리듬,
우주의 맥박, 곧 율려律呂를 만나게 된다.
그때 우아일체宇我一體의 참 의미를 알게 된다.

이 주의 명상 13

허공을 만나라

무엇 하나 걸릴 것이 없고 부족함이 없는
개활開豁함과 순수함과 완전함,
그것이 허공이고 참 하늘이다.
허공이 우리의 참 모습이다.

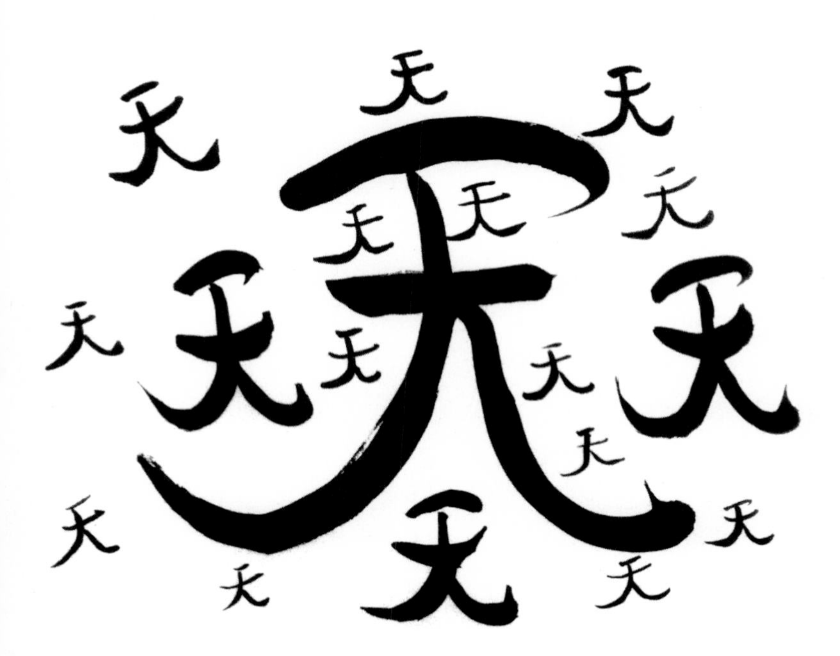

천天

허공을 만나라
허공은 멀리 있는 것이 아니다.
그것은 모든 것 속에 있고, 모든 것을 싸고 있다.
허공은 가장 작은 것보다 작고,
가장 큰 것보다 크다.

우리는 호흡을 통해 매 순간 허공을 만난다.
들숨을 통해 허공을 받아들이고,
날숨을 통해 허공과 하나가 된다.

호흡과 더불어
허공에 가득 찬 천지의 기운을 받아들이면
팔과 다리에는 천지의 신령한 기운이 감돌고,
눈에는 무명을 밝히는 섬광이 빛나며,
가슴에는 세상을 치유하는 평화롭고 호쾌한 기운이 넘친다.

허공을 받아들이고 허공과 하나가 될 때,
가슴이 하늘처럼 열리고 마음이 태양처럼 밝아져서
모든 집착과 어리석음이 사라진다.

허공을 만나고 허공과 하나가 될 때,
우리는 진정으로 자유로울 수 있고,
무한한 에너지를 써서 무한히 창조할 수 있다.
그것이 사람의 참 모습이다.

환합니다

'환하다'라는 말은 '밝다'는 뜻을 담고 있다.
"환합니다"라고 소리 내서 말하면
이 말이 지닌 뜻처럼 얼굴이 밝아진다.
마음이 무거울 때는 고민하지 말고
"환합니다" 하고 소리내어 말해보라.
환하다고 말하면 환해진다.

환은 바른 마음, 밝은 마음이다.
환은 또한 모두와 통하는 마음이다.
모든 것이 하나의 생명으로 연결되어 있음을 아는 마음이다.

내가 하늘, 땅, 그 사이의 모든 생명과 하나임을 알고
모두를 유익하게 하려는 마음을 가질 때
우리의 얼굴은 참으로 환해진다.

환하지 않아도 환하다고 자꾸 말을 하면 환해진다.
'환하다'는 말 속에 환한 에너지가 있기 때문이다.

찡그리거나 슬픈 얼굴로는 환이라는 말을 제대로 할 수 없다.
미소를 지어야만 환하다는 말을 제대로 할 수 있다.

어두울 땐 환하다고 말하라.
고민 속에 빠져 있지 마라.
걱정이 떠오를 때는 재빨리 "환!" 하고 말하라.
그리고 바로 행동하라.
바로 그때 당신 앞에 새로운 문이 열린다.

환한 당신의 가치를 세상의 그 누구도,
그 어떤 제도도 판단할 수 없다.

본래부터 완전하고
스스로 존재하는 밝고 밝은 의식
그 환한 마음이 당신에게 있다.

환하다고 말하면서 환한 마음을 기억하고
그 마음으로 돌아가라.

한 번 더

길의 끝에 이르렀다고 생각될 때,
한 걸음 더 내디뎌라.
최선을 다했다고 생각될 때 한 번 더 시도하라.
그 한 걸음이 새로운 길을 만들고
그 한 번의 시도가 최고를 만든다.

일一

어떤 일에 한 번 더 관심을 갖고 확인하지 않아서
나중에 몇 배의 시간과 에너지를 써야 했던 적은 없는가?
누군가에게 먼저 한 걸음 더
다가서지 못하고 망설이는 바람에
관계가 소원해져서 마음 아파한 적은 없는가?

상대방을 한 번 더 이해하고 배려하는 마음을 내지 못해서
오랫동안 후회한 적은 없는가?
한 번만 더 시도했으면 좋았을 텐데,
중간에 포기해버린 어떤 일 때문에
두고두고 후회스러웠던 적은 없는가?

한 번 더 관심을 갖고 확인하고,
한 발짝 먼저 다가서고,
한 번 더 이해해 보려 노력하고,
한 번 더 시도해 보려는 그 의지와 마음.

그 한 번이 큰 차이를 만들어낸다.

이 주의 명상 16

나는 생명의 현상

내가 애쓰지 않아도 숨은 절로 쉬어진다.
내가 신경 쓰지 않아도 심장은 알아서 뛴다.
내 몸은 무질서 속에서도 질서를 유지하고
변화 가운데서도 안정을 창조하며
완벽한 순환과 리듬과 균형을 보여준다.
내 몸은 생명이 스스로 알아서 노니는 놀이터이다.

공기를 통해 우리의 코로 하늘이 들어오고
음식을 통해 우리의 입으로 땅이 들어온다.
우리는 하늘과 땅에 뿌리를 박고 피어난
한 송이 아름다운 꽃이다.
마치 음극과 양극이 만나 밝은 불빛을 만들어내듯이
우리의 생명은 이렇게 천지간의 합작으로
환히 피어나 있다.

내가 나의 생명을 가지고 있는 것이 아니라
천지가 함께 창조한 생명이 나를 통해
스스로를 표현하고 있다.
내 몸은 생명이 피워낸 한 송이 꽃이요,
생명이 빚어낸 하나의 현상이다.

생명의 근원이 천지에 있음을 아는 사람은
'너와 내가 하나'라는 말의 진의를 가슴 깊이 깨닫게 된다.

방금 내 몸속에 들어와 더운 피를 타고 흐르던 공기가
바로 옆 사람의 가슴으로 흘러 들어간다.
며칠 전 한 그루의 토마토가 땅속에서 끌어올린 물이
지금 내 몸속에 들어와 있다.
생명 있는 모든 것들은
천지를 통해 하나로 연결되어 있다.

하늘과 땅이 있어 우리의 생명이 유지된다는 것을
관념이 아니라 체험을 통해 깨달은 사람은
하늘과 땅의 마음을 아프게 하는 일을 할 수 없다.

혼의 기쁨

하늘은 우리에게 몇 사람만을 사랑하기에는
너무나도 크고 따뜻한 가슴을 주었다.
온 인류와 세상을 품고도 남는 가슴이 있기에
우리는 작은 자기를 넘어서는 혼의 사랑을 추구한다.

아무 대가도 바라지 않고,
내가 누군가를 돕는다는 의식도 하지 않은 채
좋은 일을 했을 때
가슴에서 우러나는 기쁨이 있다.
그것은 혼의 기쁨이다.

아무 조건도 없는 평화로움
아무 이유도 없는 기쁨과 흐뭇함
가슴 속에 올라오는 한 가닥 작은 미소가 전부이나
혼의 기쁨은 누가 알아주든 몰라주든
홀로 스스로 기쁘다.
그 기쁨은 절대적이고 오래 간다.

혼의 기쁨은 아무리 나누어 가져도 모자랄 일이 없다.
다른 사람의 것을 빼앗거나 경쟁해서 채워지는 기쁨이 아니라
다른 사람을 도와주고 잘 되게 함으로써 얻는
상생의 기쁨이기 때문이다.

혼의 기쁨이 커질 때
우리는 천지간의 만물에
측은지심을 품는
큰 사랑을 알게 된다.

처음에는 가까이 있는 사람을
돕고자 하는 마음이 생기고
그 마음이 점차 커지면 사람뿐만 아니라
이 세계 전체를 걱정하고,
자신이 도울 일이 무엇일까를 생각하게 된다.

그러한 마음을 품을 때
우리 안의 생명이
우리 스스로를 우러러본다.

감사가 습관이 되게 하라

감사는 누구나 배우고 훈련할 수 있는 마음의 기술이다.
감사에 대한 경험과 이해가 깊어지다 보면
그 어떤 상황에서도 오직 감사할 뿐이라는 것을 알게 된다.
그저 모든 것이 감사할 뿐이다.
그때는 감사함을 애써 찾으려 하지 않아도
삶의 매 순간이 감사함으로 가득하게 된다.

감사는 처음에는 보려고 해야 보이고
찾으려 해야 찾아진다.
감사하는 마음도
배우고 훈련하는 것이다.
사소한 것일지라도 감사할 것을 찾아보라.
틀림없이 있다.

도무지 감사할 일이 없다고 생각되면
사람으로 태어났다는 것을 감사하라.
아직 숨을 쉬고 심장이 뛰는 것을 감사하라.
또 이렇게 오늘의 태양이 뜨고 새로운 계절이 찾아와
나무들이 다시 푸르러졌다는 것에 감사하라.

한 가지라도 진심으로 감사함을 느끼다 보면
어느 순간 감사함이 파도처럼 밀려올 것이다.

감사함이 성숙해지다 보면
일시적이고 조건적이고 계산적인 감사가
점차 무조건적이고 지속적인 감사함으로 바뀐다.
그런 감사함은 우리의 삶에서
불평과 불만, 근심과 걱정을 걷어가고
대신 무한한 긍정과 평화를 가져다준다.

어떠한 상황에서도 감사하는 훈련을 하라.
온 마음에 감사함이 가득 차서
감사함이 당신의 삶 전체로 흘러 넘치게 하라.

가슴에 감사하는 마음이 가득하면 대충 살 수 없다.
감사하기 때문에 적당히 요령을 피우거나
자기 잇속만을 차리는 비겁한 짓 따위는 할 수가 없다.
감사하기 때문에 무슨 일을 하든 정성을 다하고
어떤 사람을 만나든 최선을 다하게 된다.

감사한 마음에서 거룩한 마음이 나온다.
감사함은 누구나 연마해야 할
영혼의 연금술이다.

깨달음을 얻다

나는 누구인가? 나는 무엇을 원하는가?
이 두 질문은 서로 다르지 않으며,
결국 하나의 질문이 다른 질문의 답까지 찾아주게 된다.
이 두 가지 질문에 대한 답을 찾으면,
당신의 인생은 그 답을 중심으로 새롭게 재편되기 시작한다.

도통 道通

나는 누구인가? 나는 무엇을 원하는가?
당신은 이 질문에 대한 당신의 답이 있는가?

조용히 눈을 감고 당신이 인생에서
진정으로 원하는 것이 무엇인지 얘기해 보라.
그리고 당신의 가슴이 어떻게 반응하는지 느껴보라.

'나는 누구인가?'라는 질문은 당신의 직업이나
은행잔고에 대한 질문이 아니다.
이성적이고 형식적인 대답에 안주하지 말라.
진지하고 간절하게 묻고 또 묻다 보면
언젠가는 당신 영혼의 목소리를 듣게 될 것이다.
당신의 이름, 직업, 성격 등으로 첩첩이 둘러싸인
에고의 장막을 뚫고 진정한 답이 찾아올 것이다.

이 두 가지 질문은 이 세상에서 가장 오래되었고
가장 많이 물어왔던 질문들일 것이다.
지금까지 이 질문을 아무리 많은 사람이 물었고,
아무리 많은 사람이 답을 얻었다 할지라도,
이 질문은 언제나 새로운 것이다.

머리로 그 답을 알고 있더라도

당신이 스스로 그 답을 찾고 경험해야만 당신의 답이 된다.
당신은 여름 밤하늘의 별들이 아름답다고 말할 수 있다.
사랑은 때로는 고통스러운 독과 같지만
인간이 경험할 수 있는 가장 아름다운 감정이라고 쓸 수 있다.
그러나 당신이 실제로 여름 밤하늘의 별들을 올려다보며
경외감에 젖어본 순간이 없다면
누군가를 가슴 절절하게 사랑해본 경험이 없다면
당신은 아무것도 모르는 것이다.

스스로에게 근본적인 질문을 던져라.
흔들리는 것을 결코 두려워하지 마라.

바로 답을 얻을 수 없다 해도 조바심 낼 필요 없다.
질문을 품는 그 마음이 중요하다. 알고자 하는 그 열망이 중요하다.
따스한 아침 햇살이 창문을 뚫고 들어오면
우리는 저절로 잠에서 깨어나 눈을 뜬다.
당신의 가슴이 삶의 근본적인 질문에 대한 답을
알고자 하는 열망으로 뜨거워질 때,
그 열망으로 진리와 당신 사이를 가로막고 있던
에고의 장막이 녹아내리고
당신은 마침내 자신이 누구인지를 알게 된다.

이 주의 명상 20

고민이 없기를 바라지 말라

고민이 없기를 바라는가?
고민이 있다는 것을 고민스러워 하지 말라.
고민은 우리가 성장할 수 있는 발판이다.
고민과 의문이 없는 삶은 죽은 삶이다.

우리는 마음의 평화를 얻기 위해 명상을 한다.
그런데 종종 마음의 평화를
모든 고민이 사라진 상태라고 착각하는 사람이 있다.

인간의 삶을 살아가는 한 고민은 끊일 새가 없다.
한 고민이 해결되면 금방 또 새로운 고민이 생긴다.

마음의 평화란
모든 고민이 사라진 상태가 아니다.
진정한 마음의 평화는
고민을 받아들이는 태도에서 온다.

살아 있는 사람은 어차피 고민을 해야 한다.
그것이 살아 있다는 증거다.
무언가를 고민하다 보면 어떤 선택을 하게 된다.
그 선택을 실천하다 보면 더 큰 고민과 선택이 기다리고 있다.
그것이 인생이다.

깊은 고민을 통해 어떤 자각과 결론에 이르렀을 때
방황이 끝나고 평화가 찾아온다.
동시에 지금까지 했던 고민이
너무나 하찮은 것이었음을 알게 된다.
그리고 그때부터는 더 큰 고민이 시작된다.

고민이 없기를 바라지 마라.
파도가 치지 않는 바다를 바라지 마라.
당신의 영혼과 양심이 선택한 삶의 길을
진정을 다해 열정적으로 걸어가라.
그 길에서 오는 모든 고민을
담대하게 끌어안아라.

그 하나를 만났네

온몸과 마음을 열어 천지기운과 하나 되니
나는 그 하나를 만났네.
내 가슴에서 그 하나가 빛나고 있네.
내 가슴에서 그 하나가 진동하고 있네.

해거름 들녘의 소 울음소리를 듣고
깨우친 사람이 있었다고 한다.
어미 소와 새끼 소가 서로를 애타게 찾는 소리
음메음메 허공에 메아리치는 그 소리는
진리를 구하는 이의 간절한 마음과 같다.

진리를 구하는 마음이 깊어져
기도로 이어질 때
잃어버린 신성神性을 찾는
자신의 간절한 마음을 느낀다.

그 기도가 더욱 깊어질 때
신성 또한 자신에게서 멀어진 인간을
간절하게 찾고 있었다는 것을 알게 된다.

그때 인간의 기도는 신성의 기도가 되고,
두 기도가 하나로 만날 때
우리는 온몸으로 깊은 감동을 느끼게 된다.
그때 모든 것 속에 깃든 신성을 느끼고
모든 것 속에 있는 하나를 만난다.

습관적으로 살지 마라

단 하루, 단 한 시간을 살아도
자신이 선택한 꿈과 가치와 정신으로 살아가야 한다.
익숙함과 편안함에 길들여져 습관적인 삶을 살지 마라.
치열한 자기점검과 끊임없는 도전을 통해 변화를 창조하고
성장과 완성으로 궤도를 수정하라.

변變

나는 지금, 내가 선택한 꿈과 가치를 살아내고 있는가?
아니면 형식적이고 습관적인 삶을 살고 있는가?
이렇게 자문하고 스스로를 돌아보는 시간을 자주 가져야 한다.
어떻게 더 나은 삶의 변화를 만들어 낼지 계획하고
계획한 것을 실천하며 살아가야 한다.

그냥 하루 하루를 흘려보내며
습관적으로 산다면
그 삶은 진정으로
살았다고 할 수 없는 삶이다.

발전적인 삶을 살 것인가,
현상유지형 삶을 살 것인가는
자기 자신의 자각과 설계와 실천에 따라 결정된다.

엄밀히 말하면 현상유지라는 것은 없다.
현상유지는 자기 부정의 상태,
꿈과 진정한 자기 정신이 사라진 상태이기 때문이다.

냉정히 보면 현상유지 하기가 더 힘들다.
제자리걸음을 오래 해보라.
정상적으로 걸어가는 것보다 더 힘들고 재미없다.
앞으로 나아가야 환경과 공간, 만나는 사람이 달라지며
삶에 새로운 재미와 배움, 영감이 깃든다.

앞으로 나아가야 원하는 방향으로 갈 수 있는데
제자리걸음만 하면서
왜 내 삶이 달라지지 않느냐고 불평해서는 안 된다.
치열한 자기점검과 반성 없이 습관적으로 살아가면
자신에게 주어진 시간과 공간을 제대로 활용할 수 없다.

뇌의 주인이 돼라

삶의 목적은 뇌에 방향 지시등 같은 역할을 한다.
뇌는 그 불빛을 따라 정보를 처리한다.
불빛이 없다면 뇌는 생존본능과 습관을 따르게 된다.
삶의 목적이라는 방향 지시등을 켜 놓은 사람이
바로 뇌의 주인이다.

뇌腦

몸은 뇌의 연장이다.
뇌의 신경망이 온몸에 뻗어 나가 있다.
마음 또한 뇌에서 일어나는 작용이다.
뇌가 없으면 마음도 없다.
이렇게 보면 '뇌가 곧 나'라고 할 수 있다.

그런데 뇌의 상태를 지켜보는 '의식'이라는 것이 있다.
뇌와 뇌를 느끼고 바라보는 의식은
마치 자동차와 운전자 같은 관계다.
자동차를 달리게 하려면 운전자가 필요하듯,
뇌를 잘 활용하려면 의식이 깨어 있어야 한다.

뇌를 지켜보는 의식이 깨어 있으면 '주인이 있는 뇌'이고,
의식이 꺼지면 '주인 없는 뇌'가 된다.

주인 없는 뇌는 감정에 휘둘리고
정보에 수동적으로 끌려다니기 쉽다.
내가 내 뇌의 주인이라는 의식이 있을 때
감정과 정보를 능동적으로 처리할 수 있다.

나는 내 뇌의 주인이라는 각성이 일어날 때
어두운 방에 전구가 켜질 때처럼
상황을 선명하게 볼 수 있는 통찰력이 생긴다.

통찰하는 힘이 나오는 이때가
바로 뇌의 주인이 나타나는 순간이다.
주인은 뇌가 일차적인 생존 본능과 습관에 따라
정보를 처리하려고 하는 상황에 개입하여
다른 선택을 하게 만든다.

뇌의 주인으로 살아라.
오만 가지 감정과 정보로
뇌가 뒤범벅이 되도록 내버려두지 마라.

뇌 속에서 일어나는 감정과 정보를 지켜보고,
그 처리 과정에 능동적으로 개입하는
뇌의 주인이 돼라.

이 주의 명상 24

움직여라

행동하면서 느끼는 생각은 살아 있는 생각이다.
행동하지 않으면서 하는 생각은 죽은 생각이다.
죽은 생각 속에서 살지 마라.
살아 있는 한, 단 한순간도 멈춰 있지 마라.
움직여라.

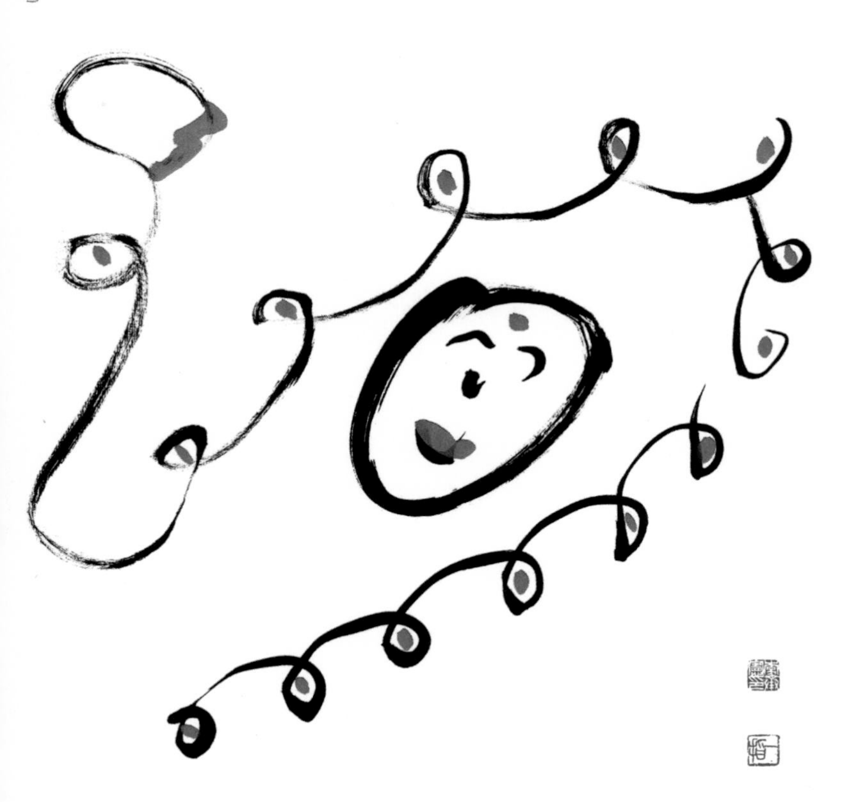

준비가 다 되어 있지 않더라도
필요하다고 느끼면 시작하라.
많은 사람들이 무언가를 시작할 때
자신이 준비되었는지 아닌지부터 따진다.
그렇게 생각만 하다가 세월을 다 보낸다.

필요하다고 느낄 때가 바로 기회다.
그때가 최고의 타이밍이다.
필요하면 바로 움직여라.

생각하기를 끝내고 나서 움직이려 하지 말고
움직이면서 생각하라.

춤을 추면 즐거워진다.
생각만 한다고 결코 즐거워지지는 않는다.
얼마만큼 즐거울지는 춤을 추면서 생각하면 된다.
춤을 추면 진짜 즐거워질까, 아닐까를 따지며
춤추는 것을 미루는 어리석음을 반복하지 말라.
춤을 추는 즉시 우리는 즐거움을 느낀다.
모든 것이 그와 같다.

재미있고 싶다면 재미있는 것을 시작하라.
행복하고 싶다면 행복해지는 일을 시작하라.
건강하고 싶으면 건강을 향해 움직여라.

모두가 행복한 세상

이 세상에 따로 떨어져 존재하는 것은 아무것도 없다.
지구 위의 모든 생명은 하늘과 땅으로,
그 사이의 허공으로 이어져 있다.
이것을 아는 데서 모든 생명을 널리 이롭게 하는
홍익의 마음이 나온다.

오른손을 들어 당신의 손가락을 보라.
처음에는 손만 보일 것이다.
점차 팔로, 어깨로, 몸통으로, 몸 전체로 시선을 옮겨보라.
사지가 하나로 연결되어 있는 당신의 몸을 느껴보라.

이제 시야를 더 넓혀서
당신의 몸을 감싸고 있는 허공을 느껴보라.
더 나아가 한 허공 안에 있는
주위의 사람들, 건물들, 자연을 느껴보라.

하늘의 별들은 제각각 떨어져 있는 듯하나
허공을 통해 하나로 연결되어 있다.

내 앞뜰의 단풍나무와 무화과나무는 저만치 떨어져 있어서
그 자그마한 잎과 큰 잎이 서로 스치지도 않지만,
땅속 깊은 곳에서는 같은 물줄기에 뿌리를 대고 있다.

불교의 화엄사상에는 아주 아름다운 비유가 하나 있다.
부처님의 나라인 제석천 궁전에는
한없이 넓고 무한하고 투명한 그물인
인드라망이 드리워져 있다고 한다.

그 그물의 이음새마다에는 투명한 구슬이 걸려 있는데,
이 구슬들은 우주의 모든 것을 훤히 비추고 있다.
또한 구슬 하나 하나는 다른 모든 구슬을 비추고 있어서
어떤 구슬 하나에 물결이 일면 그 물결이 온 구슬에 퍼지고
어떤 구슬 하나라도 소리를 내면
그물에 달린 모든 구슬에서 울림이 연달아 퍼진다.

인드라망의 그물처럼 모두가 연결되어 있는 세상에서
나와 관계가 없는 것은 아무것도 없다.
하나 하나의 생명은 모두 천차만별로 다르지만
본질적인 면에서는 서로 연결되어 있다.

근원에서는 다 하나인데
사람들은 그 하나에서 다름을 만들어 낸다.
그러고는 다르다는 것 때문에 대립한다.
너는 나와 다르니까, 너는 내 편이 아니니까
해를 끼쳐도 상관없다는 미친 논리를 만들어낸다.

모든 것이 하나임을 아는 데서
모든 것을 사랑하는 마음이 나온다.

진리에 대한 그리움

누구에게나 도道와 하나 되고자 하는 마음, 즉 구도심이 있다.
도는 이 세상에 존재하는 모든 것의 배경이고 원동력이다.
우리의 생명 또한 도의 일부이기 때문에
우리는 물고기가 바다를 그리워하듯 도를 그리워한다.

도道

겉보기에는 모든 것이 잘 돌아가고 있는 것 같은데도
어느 날 문득 영혼이 텅 빈 것처럼 느껴진 적이 있을 것이다.
한밤중에 깨어나 멍하니 허공을 바라보다가
잠을 설쳐본 그 느낌을 기억할 것이다.

건강이나 직업, 인간관계가 만족스럽든 그렇지 않든
우리 모두는 바쁘게 돌아가는 삶의 표면 바로 밑에서
언제나 같은 질문을 던진다.
이 모든 것이 도대체 어떤 의미가 있는 걸까?
나는 지금 행복한가? 내 인생에 방향이나 목표가 있는가?

당신에게 그런 순간이 찾아올 때 결코 두려워할 필요가 없다.
자기 삶의 뿌리가 흔들리고, 방향성이 없다는 느낌이 들고,
공허감이 밀려오는 그 순간에
우리 안에서 도道를 찾는 마음이 고개를 들기 때문이다.
그 허무함과 공허감을 먹고 구도심이 자라기 때문이다.

개인의 유한하고 일시적인 삶보다
더 크고 더 근원적인 무엇인가를 알고자 하는 갈망이
우리 모두에게는 있다.
무어라 딱 꼬집어 말할 수 없지만,
우리는 늘 의미있는 그 무엇인가를 찾고 있다.
무어라 딱 꼬집어 말할 수 없는 그것이 바로 도요,
그것을 찾는 마음이 바로 구도심이다.

자신의 삶에 대해 근본적인 질문을 던지는
그 마음을 소중히 여기라.
정말 이것이 다일까,
삶에 대해 의심을 품는 그 마음을 사랑하라.
그 마음을 계속 파고들라.

마치 어미 새가 알을 품듯이
도에 대한 깊고 순수한 갈망을 키워 나가라.
그 갈망이 커지고 커져 영혼을 가리는 에고의 장막을 찢고
화살처럼 영혼의 심장부에 꽂힐 때,
알 껍질을 깨고 새가 나오듯, 진리의 눈이 뜨이기 시작한다.

생명전자 태양

생명전자 태양의 빛을 보았는가?
캄캄한 어둠 속에서도
스스로 빛나는 그 빛을 보았는가?
스스로 빛나기에 어떠한 어둠에도 훼손되지 않는
그 찬란한 빛을 보았는가?

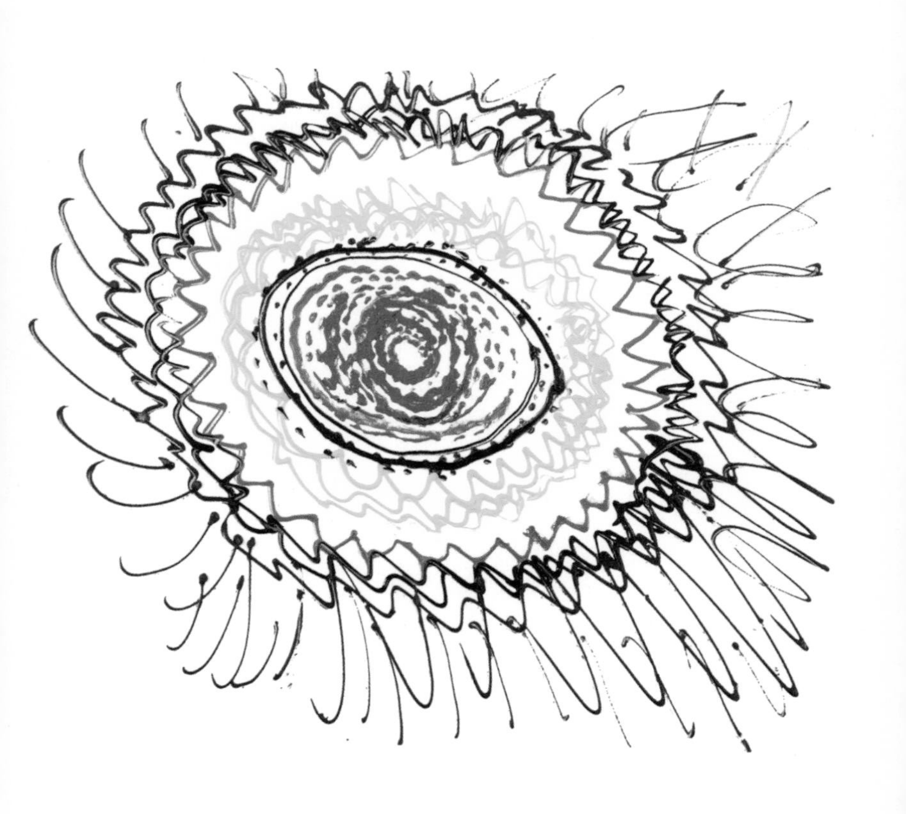

우리의 본래 모습은 빛이다.
우리의 실체는 영원한 생명이요,
홀로 스스로 존재하는 완전한 영혼이다.

그렇기에 우리의 영혼은 타락할 수도 없고,
상처받을 수도 없으며, 소멸될 수도 없다.

타락이나 상처나 소멸처럼 보이는 것은
영혼에 덧씌워진 기억과 경험의 흔적일 뿐이다.
이들은 영혼의 그림자일 뿐 결코 실체가 아니다.
본래의 영혼 자체는 언제나 순수하고 완전하다.

그림자가 그림자임을 알면
그것을 두려워하지 않게 된다.
그러나 그림자를 진짜라고 생각하면
그것은 우리를 지배하고 두렵게 한다.

과거의 기억이나 상처는 우리의 실체가 아니다.
그것은 그림자일 뿐이다.
오래된 일들의 실체는 이미 사라졌는데
그 그림자에 지배당하고 있지는 않은가?

빛이 있는 한 그림자는 있다.
그러니 그림자 없기를 바라지 말라.
그러나 그것이 그림자인 것을 알아야 한다.
그리고 빛을 선택해야 한다.

우리의 실체인 빛, 영혼의 뿌리인 큰 생명,
완전한 밝음을 표현한 것이
바로 생명전자 태양이다.

영혼에 덧씌워진 어떤 기억이나 흔적도
영혼의 뿌리인 생명전자 태양을 만나는 순간
순식간에 사라진다.

생명전자 태양을 만나라.
영혼의 뿌리인 큰 생명을 만나라.
그 무엇으로도 훼손되지 않는 완전한 밝음을 만나라.

이 주의 명상 28

생명

나의 심장이 뛰고 있다.
내 몸에 에너지가 흐르고 있다.
내 생명이 느껴진다.
아름답고 위대하다.
이 생명으로 나는 무엇을 하고자 하는가?

생生

오른손을 들어 왼손 가슴에 얹어본다.
조용히 숨을 고르며 내 심장을 느껴본다.

내 몸의 가장 강력한
생명현상 가운데 하나인 이 박동.
무엇이 이 심장을 뛰게 하는가?

홀로 앉아 내 심장 뛰는 소리를 듣는다.
심장의 고동이 몸을 뚫고 허공으로 퍼져 나간다.
내가 그저 혼자이기만 하다면,
이 우주에 어떤 신비도 없다면,
내 심장이 이렇게 스스로 뛸 리가 있는가?

무엇이 있어 내 심장을 이렇게 뛰게 하는가?
무엇이 새로 핀 꽃의 곱디 고운 빛깔을 만들어 내는가?
무엇이 저 꽃가지 위에 앉은 새를 노래하게 하는가?

이 생명은 어디에서 왔는가?
한 송이 아름다운 꽃을 보며
생명의 의미를 묻는 나는 누구인가?

심장 뛰는 소리를 들으며 그저 감사할 뿐이다.
심장 뛰는 소리를 들으며
생명 있는 모든 것의 안녕과 행복을 기원한다.

살아 있는 모든 생명들이여,
부디 행복하여라!

이 주의 명상
29

한결같은 마음

세상의 모든 것이 변하지만
변하지 않는 것이 있음을 나는 믿는다.
생명의 성장과 완성을 바라는
우주의 선의善意와 큰 사랑을 나는 믿는다.
내 마음은 인생의 희로애락에 부대끼지만
완성을 향한 여정은 결코 멈추지 않을 것이다.

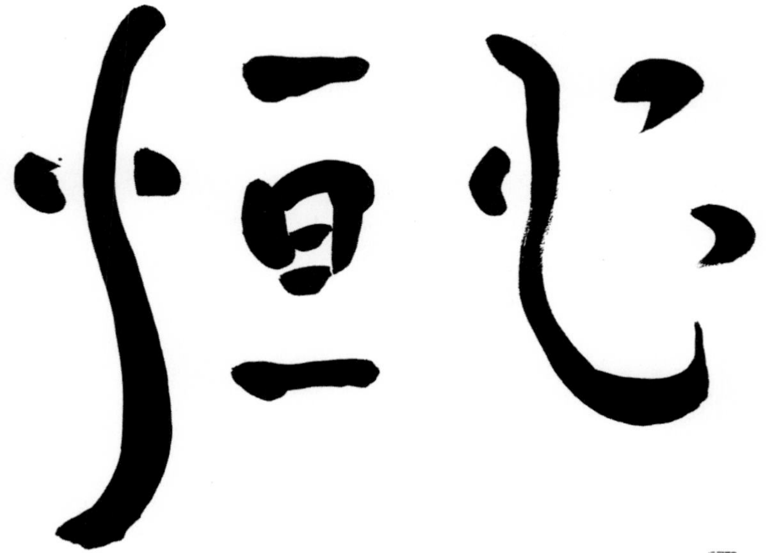

항심恒心

슬픔, 기쁨, 외로움 등의 감정은
마음이라는 스크린 위에 상영되는 영화와 같다.
영화가 끝나도 스크린은 사라지지 않듯이
숱하게 오고 가는 감정들 속에서도
변하지 않는 무엇인가가 우리에게 있다.
불안함도 바라보고 있고, 슬픔도 바라보고 있으며,
외로움도 바라보고 있는 그 무엇이 있다.

그것이 바로 우리의 영혼이고 참 마음이다.
그 참 마음을 찾으면 우리는 감정에 끌려다니는 것이 아니라
자신의 감정을 담담하게 바라보는 힘을 기를 수 있다.

중요한 것은 자기 자신에게
바라보고 조절할 수 있는 힘이
있다는 것을 자각하고
그 힘을 기르기 위해 노력하는 것이다.

우리의 삶이 하나의 정원이라면
감정은 그 정원에 사시사철 철따라
피어났다 지는 갖가지 꽃들과 같다.
감정은 때로 우리의 삶에
역동과 의미있는 변화를 가져다주지만
결코 감정에 끌려다녀서는 안 된다.

감정의 파도에 떠밀려 허우적거리지 말고,
파도타기 하듯 감정을 타며 살아가는 법을 배우라.

파도타기를 잘 하려면 중심을 잘 잡는 것이 중요하듯,
영혼이라는 중심에 굳건하게 뿌리를 내릴 때에만
우리는 삶의 온갖 변화와 오르내림 속에서도
자기 자신과 세상에 대한 흔들림 없는 믿음으로
자신의 인생을 스스로 창조하면서 살아갈 수 있다.

이 주의 명상

30

순수한 소통

나는 당신의 마음을 느낄 수 있습니다.
나는 당신을 이해하고 사랑합니다.
당신이 정말 평화롭고 행복했으면 합니다.
만나는 모든 사람들에게 이런 마음을 품어라.
그런 마음을 품는 순간 그런 에너지가 나온다.

자신의 몸을 평화로운 상태로 만들어서
평화의 에너지가 마음에 깃들게 하라.
이 평화로움 속에서 자비심이 생기고
내면에서 사랑이 솟아오른다.

자신의 내면에 평화로움과 사랑이 느껴지면
자연스럽게 그 평화와 사랑을
주위에 전달하고 싶은 마음이 일어난다.
그 마음이 일어나거든
그 마음을 받아들이고 선택하라.

자신 안의 평화와 사랑을
주위와 나누고 싶다고 마음먹는 순간
당신에게서 사랑스럽고 평화로운 에너지가 나온다.

당신이 외로움과 슬픔을 가진 누군가를 만난다면
당신 안의 사랑과 평화의 에너지로 그 사람을 위로하라.
그 사람에게 힘이 되어주라.

에너지는 가장 아름답고 순수한 정보이다.
사랑하는 사람이 짓는 미소가 얼마나 아름다운지

말로는 다 표현할 수가 없다.
그러나 우리는 에너지를 통해 그 아름다움을 느낄 수 있다.

사랑하는 사람들 사이에서는
서로의 기쁨과 슬픔을 말 없이도 느낄 수 있다.
그러나 우리가 서로 분리되어 있고 사랑하지 않을 때는
상대방의 기쁨과 슬픔을 느낄 수 없다.

열린 마음으로 에너지를 주고 받을 때
우리는 말이 없이도 통한다.
그때는 상대방의 고통을 느끼기 때문에
상대방을 고통스럽게 할 수가 없다.
상대방이 고통스러우면 내가 고통스럽기 때문이다.

내가 평화롭기 위해서는 상대방을 평화롭게 해주어야 한다.
내가 행복하기 위해서는 상대방을 행복하게 해주어야 한다.

자신의 에너지를 느끼는 감각을 회복할 때
우리는 자연스럽게 다른 사람의 에너지를 느낄 수 있다.
에너지를 통해 다른 사람과 자연과 이 우주 전체와
가장 순수하고 근본적인 차원의 소통을 체험할 수 있다.

이 주의 명상 31

끝없는 성장

삶의 고통과 아픔에 저항하지 않고 이를 받아들일 때
우리는 삶을 훨씬 의식적으로 경험할 수 있다.
깨어 있는 의식과 함께 겪는 인생의 경험은
그 누구보다도 훌륭한 영적인 스승이며, 성장의 지름길이다.

우리의 삶은 끊임없이 들고 나고,
오르고 내리는 순환의 연속이다.
삶에서 무언가 더 새롭고 더 나은 것을 원하면,
이 삶의 순환에 저항해서는 안 된다.

숨을 내쉬어야만 다시 들이쉴 수 있는 것처럼
오래된 것을 내보내야만 새로운 것을 받아들일 수 있다.
인생에서 자신이 원하는 곳까지 높이 날아올라본 사람치고
낮은 곳에서 방황하는 시간을 거치지 않은 사람이 드물다.

끊임없이 낡은 것을 내보내고
집착하는 것들을 내려놓고
저항하는 대신 삶을 수용하는 법을 배우라.

그러면 당신은 보게 되리라.
어제와 다름없이 오늘 하루가 지나가는 것 같고,
늘 비슷한 고민과 갈등을 안고 살아가는 것 같으나
어느 순간 성장해 있는 자신을 발견하게 되리라.

그렇기에 피할 수 없는 삶의 일부인 고통과 번뇌에도
우리는 믿음과 희망을 갖고 내일을 기다리며
끊임없이 앞으로 나아갈 수 있다.

인생의 들고 남, 오르막과 내리막을
때로는 사나운 폭풍처럼,
때로는 부드러운 봄바람처럼 겪어내면서
성장과 완성을 향해 한 걸음 더 내딛을 수 있다.

삶의 그 모든 순환을 위대하게 살아내며,
당신 존재의 가장 깊숙한 곳으로 들어가라.
그 속에서 자기 부정과 온갖 욕망을 넘어
고귀한 자신의 모습을 만나라.

삶에서 느끼는 고통과 괴로움은
삶의 순환과정을 완전히 받아들일 때만 줄어들 수 있다.
그리고 그 모든 장애에도 불구하고
우리는 끊임없이 성장하고 발전할 수 있다.

이 주의 명상 32

좋은 성품을 길러라

영혼을 드러내 주는 것은 성품이다.
성품은 관계 속에서 드러나는 영혼의 모습이다.
영혼은 눈에 보이지 않지만,
당신의 성품이 당신 영혼의 성장 정도를 보여준다.

당신이 만나는 모든 사람들을 소중히 여기라.
그들은 당신이 좋은 성품을 기를 수 있도록
당신을 돕는 영혼의 파트너들이다.

당신이 그러한 것처럼,
다른 사람들도 삶에서 슬픔과 고통과 좌절을 겪으며,
삶이 쉽지 않다는 것도 알고 있다.
당신이 그러한 것처럼,
그들도 삶의 의미를 찾기 위해 노력하며,
경험을 통해 배우고 성장한다.

당신이 그러한 것처럼,
다른 사람들도 영혼의 성장에 대한 갈망이 있다.
당신이 당신과 함께 일하고 생활하는 사람들을
영적 성장을 위한 파트너로 이해할 때
더 큰 자비심과 포용력, 열린 자세와 감사한 마음을 갖게 된다.

영적 성장은 매우 사회적인 개념이다.
관계와 공동체는 영적 성장을 위한 가장 좋은 학교이다.
우리들 각자가 속한 가정과 학교와 직장은
우리가 성장할 수 있는 교육장이고,

그 속에서 만나고 교류하고 함께 일하고 생활하는 사람들은
영적 성장을 위한 파트너들이다.

인간관계에서 때로 부딪히고
상처를 주고 받기도 하지만,
매 순간 정직하고 성실하며 책임을 다하기 위해 노력하고,
관계 속에서 스스로를 돌아보고 배우며,
배운 것을 행동에 옮김으로써 좋은 습관이 형성된다.

좋은 습관이 모여서 좋은 성품이 길러진다.
좋은 성품은 좋은 선택을 하게 한다.
좋은 선택과 그 선택의 실천을 통해
우리는 더 나은 사람이 되고
이 세상은 더 살기 좋은 곳이 된다.

이 주의 명상 33

가슴을 뛰게 하는 꿈을 가져라

꿈이란 자신의 생명을 어떻게 사용할지에 대한
자기만의 대답이고
끊임없이 움직이는 생명에 방향성을 제시하는
영혼의 나침반과 같다.

심心

인생은 이벤트의 연속이다.
태어남과 죽음이라는 두 사건 사이에
수많은 이벤트가 끼어들어 인생이라는 대사건을 만든다.
우리는 이 이벤트의 기획자 겸 연출자이다.
그 이벤트가 멋이 있으려면 기획이 탄탄해야 한다.
좋은 기획이 있어야 연출을 제대로 할 수 있다.

인생이라는 이벤트의 기획안과 시나리오,
우리는 이것을 '꿈'이라고 부른다.
꿈이 있는 사람은 자신이 직접 짠 기획안으로
주인공으로서 당당히 인생의 무대에 설 수 있다.
그럴 때 삶은 도전과 모험으로 가득 찬 멋진 이벤트가 된다.

그러나 꿈이 없는 사람은 누군가가 기획한 무대에
마지못해 올라가 멋쩍게 서 있다가 슬그머니 내려온다.
그런 삶은 겉으로는 안전해 보여도 지루하게 견뎌야 할 의무와 같다.

꿈을 가져라. 인생은 정해진 틀대로 사는 것이 아니다.
또한 기성품의 형태로 존재하는 것도 아니다.
인생은, 자기 내면의 목소리를 따라
'스스로 발명'하는 것이다.

꿈은 자기 자신에 대한 사색과 고민 속에서 찾아진다.
꿈은 생기는 것이 아니라 창조하는 것이다.
내가 정말로 원하는 것이 무엇인가?
나의 가슴을 희망과 기쁨으로 벅차게 하는 것이 무엇인가?
나는 무엇을 위하여, 어떻게 살고 싶은가?
당신만의 답을 찾을 때까지 진지하게 물어보라.

세상에는 행복과 성공에 대한 온갖 좋은 말들이 넘쳐난다.
그러나 그것은 다른 사람들의 말일 뿐이다.
남의 생각, 남이 제시한 답을 따라 살지 말고
스스로 묻고 선택하여, 그 선택에 최선을 다함으로써
자기 삶의 주인이 되는, 그런 삶을 살아야 한다.

인간은 스스로 자신의 존재 이유를 선택하고
그 선택대로 삶을 창조할 수 있는 능력이 있다.
창조의 기쁨은 오직 꿈을 가진 사람들만이 누릴 수 있다.
꿈이 있는 사람은 자신이 살고 싶은 인생을 선택할 수 있고,
그 선택에 대해 책임지는 법을 배우며,
진정한 창조의 기쁨을 누리며 살아간다.

태양같이 밝은 마음

구름이 걷히니 태양이 절로 빛난다.
본래의 마음은 태양과 같이 밝고 밝으니
스스로 밝음을 구한다.

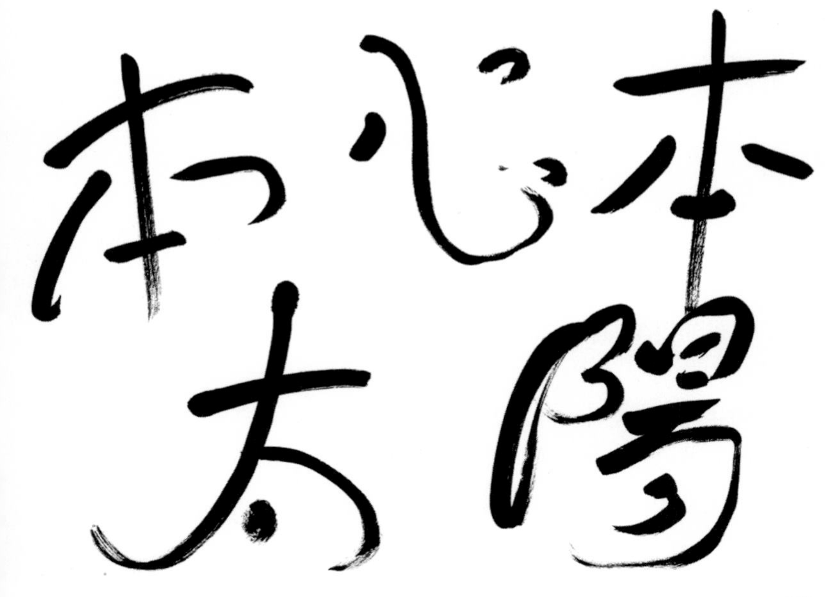

본심본태양本心本太陽

우리 안에 태양과 같이 밝은 마음이 있다.
늘 그 마음을 유지하기는 어렵지만,
그 마음이 영원히 변하지 않는
우리의 진짜 모습임을 아는 것은 아주 중요하다.

왜냐하면 자신 안에 그 마음이 있다는 것을 느끼고 알 때
그 마음을 그리워하게 되고
그 마음을 찾으려는 의지를 내게 되기 때문이다.

계절이 바뀌고 날씨가 바뀌듯이
우리의 감정이나 환경은 수없이 바뀌지만
우리의 영혼은 태양처럼 늘 거기 그렇게 빛나고 있다.

밝고 환한 태양과 같은 영혼이 자신에게 있음을 아는 것,
그 영혼을 인식하고 느끼는 것,
이것은 아주 소중하고 아름다운 일이다.
그 자각에서 자기를 소중하고 귀하게 여기는 마음이 생긴다.
자기를 귀하고 소중하게 여길 때
다른 생명과 세상에 대해서도 같은 마음을 품게 된다.

우리의 영혼은 정말 아름답다.
그토록 아름다운 영혼을 가진 우리 한 사람 한 사람은
진정으로 소중하다.

자기 자신에 대해서 눈을 뜨라.
자기를 발견하고 그 가치를 키우라.
암흑 같은 절망과 고통 속에서도
스스로 태양같이 밝은 마음을 되찾는
자신의 고귀한 영혼에 감동하라.

태양이 세상을 비추듯이
당신의 밝은 영혼이 세상을 비추게 하라.

이 주의 명상 35

한

당신 안에서 당신에게 일어나는
모든 것을 느끼고 있는 그것,
모든 것을 판단하고 있는 그것,
그것을 만나라.

한

언제부터인가 당신을 지켜보고 있는 그 의식,
언제부터인지는 모르지만
당신의 모든 것을 바라보고 있는 그 마음,
그 마음이 '한'이다.

한의 자리에서는 모든 것이 잘 보인다.
당신이 느끼는 온갖 감정과
그 감정의 뿌리까지도 보인다.

당신의 몸과 당신이 가진 모든 것이 변하지만
당신의 실체인 한은 변하지 않는다.
변하지 않는 그것은 변하는 모든 것을 보고, 듣고, 느낀다.

한을 아는 것이 중요한 까닭은
한이 창조의 근원이기 때문이다.
한을 알 때 좋은 선택을 할 수 있기 때문이다.

무엇 하나 보장된 것이 없고
모든 것이 불확실하고
마음 먹은 대로 되지 않는 우리의 인생은
원래 비극과 고통의 씨앗을 안고 있다.

그러나 우리가 한을 알고
한의 중심에서 자신을 비춰보며 좋은 선택을 할 때
인생이라는 비극을 축복으로 바꿀 수 있다.

중요한 것은 행복도 불행도 선택할 수 있는
신성과 창조성이 우리에게 있다는 것이다.
깨달음은 어떤 특정한 상태가 아니다.
그것은 빛과 같은 순간순간의 선택이다.

인생의 창조자가 될 것인지,
아니면 인생이라는 파도에 휩쓸린 채 떠내려가는
지푸라기와 같은 삶을 살 것인지는
전적으로 우리의 선택에 달려 있다.

인생의 뿌리는 비극이나,
우리 안에 있는 한을 만나 신성과 창조성이 발현될 때
우리의 선택에 따라 비극은 곧 축복으로 바뀐다.
인생이라는 비극을 축복으로 바꾸는 것,
그것이 깨달음의 힘이고, 깨달음의 삶이다.

이 주의 명상

36

영혼의 새

영혼의 새가 당신의 가슴에 둥지를 틀었다.
좋은 말, 좋은 생각, 좋은 행동으로
그 새에게 더 큰 날개를 달아주라.
당신의 영혼의 새가 황금불새가 되어
창공으로 날아오르게 하라.

인생에서 '만남'은 아주 중요하다.
어떤 만남을 통해서는 운명이 결정되기도 한다.
그래서 우리는 좋은 만남을 기대함과 동시에
나와의 만남이 상대에게도 좋은 만남이
될 수 있도록 항상 노력해야 한다.

다른 사람과의 만남도 중요하지만
더 중요한 것은 자기 자신과의 만남,
자기 영혼과의 만남이다.

자신의 영혼을 만나는 좋은 방법 중의 하나는 명상이요,
다른 하나는 일기쓰기이다.

일기를 쓰다보면 자기 자신과 정직한 대화를 하게 된다.
그때 자기 자신과 진정으로 '부딪쳐' 만나게 된다.
미끄러지듯 스치기만 하는 만남은 아무짝에도 쓸모없다.
만나려면 맹렬하게 만나야 한다.
특히 자기 자신과의 만남일 때는 더욱 그렇다.
부딪쳐서 불꽃이 일도록,
영혼의 화학반응이 일어나도록 만나야 한다.

일기를 쓰는 사람은 자기 자신을 만날 일이 많다.
자기 자신을 만나는 일이 잦을수록, 남 눈치 볼 일이 줄어든다.
참된 자신을 위해 살아야겠다는 마음을 내게 된다.

일기를 쓰다보면 자주 묻게 된다.
나는 오늘 하루를 어떻게 보냈는가?
내일 하루는 또 어떻게 보낼 것인가?
일기를 쓰는 사람은
생명이 다하는 날까지 이 질문을 놓지 않는다.
근면, 정직, 성실이라는 삶의 기본기를 다지고 또 다진다.

하루에 한 번씩 내 마음을
나에게 고하고, 하늘에 고하는 시간.
진정한 일기는 간절한 기도요,
깊은 명상과 다를 바 없다.

천지기운

참 생명인 천지기운은 허공을 통해
우리 몸을 안팎으로 감싸안고 있다.
돈, 지식, 명예, 성공 등은 생명의 그림자일 뿐이다.
생명의 그림자에 매달려 살지 말고 생명의 맥을 잡아라.
그대, 천지기운을 만나라.

기氣

우리의 몸은 무한한 허공에 비하면 먼지처럼 작은 존재이지만,
우리의 마음은 허공 전체를 느끼고 넉넉히 감싸 안을 수 있다.

허공을 느끼는 가장 좋은 방법은 바르게 숨을 쉬는 것이다.
한 호흡 한 호흡 의식적으로 숨을 쉬다 보면
존재의 근원이 자기 몸이 아니라
허공에서 비롯한다는 사실을 이해하게 된다.

그러면 자신의 존재가 몸에 한정되어 있거나,
살아 있는 동안에만 국한되는 것이 아님을 직관적으로 알게 된다.

숨을 쉴 때는 허공을 당신의 폐에 담으려 하지 말고,
당신의 온몸을 허공 가운데 던져라.

허공은 저토록 무한한데,
당신 폐의 크기만큼만 허공을 쓰려 하지 말라.
온몸을 허공에 던지면 허공이 당신의 몸을 편안하게 감싸 안는다.

우리는 코로 허공을 들이마신다.
우리의 몸 밖에 허공이 있듯, 우리의 몸 속에도 허공이 있다.
두 허공은 서로 연결되어 있어
몸 밖의 큰 허공이 병들면 몸 속의 작은 허공도 병든다.

허공은 죄인의 몸이나 성인의 몸이나 가리지 않고
똑같이 들락거리며 생명을 유지하도록 돕는다.
살아 있는 모든 것은 허공에 매달린 채
그 허공으로부터 생명을 공급받는다.

진정한 하느님은 경전이나 교회나 절에 있지 않다.
바로 허공 속에 있다.
모든 생명 속에 허공이 있고, 그 허공이 곧 하느님이니
사람의 부주의로 생명이 하나 사라질 때마다
하느님이 묵을 집을 하나 잃는 것과 같다.

허공은 우리 몸 속에도 있고 몸 밖에도 있으므로,
우리는 몸 안팎에서
하느님을 얼싸안고 있는 셈이다.
바르게 숨쉴 때 천지에 꽉 차 있는 하느님의 마음을 느낄 수 있다.

숨을 통해 느끼는 허공은 바른 사람에게는 대자유요,
바르지 못한 사람에게는 감옥일 것이다.
숨쉴 때마다 우리 몸으로 하느님이 들락날락거리니,
마음 씀씀이가 바르지 않고서
어떻게 제대로 된 숨을 쉴 수 있겠는가?

큰 뜻을 품어라

사람이 대의를 품고 그 뜻을 이루기 위해
모든 것을 걸고 헌신할 때
하늘이 감동하여 밝고 신령한 기운을 내린다.
땅이 감동하여 복을 불러올 인연을 맺어준다.

대의大義

우리 모두에게는 위대한 마음이 있다.
그 마음은 홀로 스스로 존재하는
영원한 생명에서 솟아나온다.

그 위대함이 깨어날 때 자신의 이익만을 챙기는 것이 아니라
크고 중요한 가치에 무한히 봉사하고 싶은 마음이 생긴다.
그 마음이 깨어날 때 모든 생명을 이롭게 하는
거룩한 사랑을 알게 된다.
그 마음은 좌절과 시련 속에서 우리를 일으켜 세우며
원대한 이상과 뜨거운 심장과 불굴의 의지를 선물한다.

당신 안의 위대함을 자각한 순간, 당신은 어떻게 했는가?
그것을 인정하고 선택했는가?
아니면 부인하고 익숙한 옛날의 모습으로 돌아갔는가?
위대한 생명에서 거룩한 생각이 우러나올 때
이를 자각하는 눈과 이를 인정하고 선택하는 용기와
이를 실천하려는 의지가 있어야 한다.
그 생각을 소중히 여기고 정성을 다해 키워나가는 과정에서
자기 자신과 이웃과 인류의 삶에 진정한 변화를 창조할 수 있다.

당신 안의 위대함을 인정하고 그것을 마음껏 써라.
정말로 중요한 것은 자신에 대한 심오한 존중이다.
스스로를 존중하고, 스스로에게 몰두할 때
자기 자신과의 일체감 속에서
내면의 위대함을 실현할 수 있는
아이디어와 힘이 나오기 시작한다.

우리가 내면의 위대함과 거룩함을 느끼는 순간,
우리는 뇌 안의 하늘을 느끼는 것이며,
우리에게 하늘다움을 실현하라고 요청하는
창조주의 호소를 듣는 것이다.
창조주의 그 호소에 당당하게 응답하라.

大義

사랑

인간의 영혼은 사랑을 통해 성장한다.
자신에게 사랑을 줄 대상을 찾아다니는 것이 아니라
자신이 사랑을 무한하게 창조할 수 있다는 것을
깨닫는 것이 중요하다.

놀라운 사실은, 사랑은 받으려고 할 때보다
주려고 할 때 더 커진다는 것이다.
이것이 사랑의 법칙이다.

사랑이 충만한 삶을 살고 싶다면
받으려고 하지 말고 먼저 주어라.
사랑을 받으려고만 하면 사랑이 자꾸 작아진다.
받으려 하기 때문에 원하는 사랑이 오지 않을 때
자꾸 섭섭함과 부족함을 느낀다.
한없이 슬프고 외로워진다.
그리고 스스로에게 사랑이 없다고 착각하게 된다.

가만히 생각해보면 사랑을 받을 때보다
사랑을 줄 때 더 행복하다는 것을 알 수 있다.
칼의 비유를 든다면
사랑을 받으려는 사람은 칼날을 쥔 사람이고
사랑을 주려는 사람은 칼자루를 쥔 사람이다.

사랑을 받으려고만 하는 사람은
사랑이 떠나면 어떻게 할까,
사랑이 내게 안 오면 어떻게 할까,

칼날을 잡은 것처럼 초조하고 불안하다.
그러나 주위에 사랑을 주는 사람은
칼자루를 쥔 사람처럼 자신감이 있다.

사랑의 힘은 누구에게나 다 있다.
사랑을 원한다면 사랑을 써야 한다.
사랑을 줄 사람이 가까이에 없다면
먼저 자기 자신에게 사랑을 주어라.
그 사랑이 차오르면 다른 사람에게 주면 된다.
그렇게 시작하는 것이다.

우리 안에 사랑이 있다.
그러나 사용하지 않으면 체험할 수 없다.
체험하지 않으면 믿을 수 없다.
사랑은 마르지 않는 샘물과 같다.
쓰면 쓸수록 새로운 사랑이 나온다.
그러나 쓰지 않는 샘은 결국 말라버린다.

이주의 명상
40

일심, 하나의 마음

마음의 위대함이여,
마음의 신비함이여!
사람이 품은 순수하고 간절한 마음은
다른 사람들의 마음을 움직이고
그 누구도 감히 꿈꾸지 못했던 기적을 만들어낸다.

일심一心

"저는 명상을 열심히 하는데도 아직 두려움을 느낍니다.
외로움도 사라지지 않구요. 왜 그런 거죠?
제가 명상을 잘못하고 있는 걸까요?"
가끔 이런 질문을 받는다.
그럴 때마다 이렇게 말하곤 한다.
"당신이 두렵고 슬프고 외로운 것은 지극히 정상입니다."

이 세상에서 인간의 삶을 사는 이상
아무리 명상을 많이 해도 그런 감정들 자체가 사라지지는 않는다.
중요한 것은 우리에게 그 감정을 바라보고 조절할 수 있는
마음이 있다는 것이다.
그 마음이 있기 때문에 우리는 어떤 상황에서도
더 긍정적인 결과를 가져올 새로운 선택을 할 수 있다.

자신의 슬픔이나 외로움, 두려움을 보고
"나는 원래 그래." 하며 그 상태에 머물러 있을 것인가?
아니면 그 모든 것에도 불구하고
환하고 빛나는 마음, 영혼의 힘을 선택할 것인가?

슬퍼서 울고, 우니까 더 슬퍼지고
그래서 더 울고, 그러니 더 슬퍼지고…

그렇게 슬픔을 확대재생산 할 것인가?
아니면 그 슬픔을 놓고 다른 것을 선택할 것인가?

현재 아무리 불행한 상태에 있다 하더라도
그 불행을 행복으로 바꿀 수 있는 것이 진정한 마음의 힘이다.
그렇기 때문에 우리는 항상 마음의 불을 켜야 한다.
마음의 불을 켜고 집중하면
두려움 속에서 용기가 나오고
외로움 속에서 찬란한 고독의 힘을 발견한다.

자신의 삶을 원하는 환경만으로 둘러쌀 수는 없지만
그 환경에 어떻게 반응할지는 스스로 선택할 수 있다.
그것이 진정한 마음의 힘이다.

일이 잘 될 때 웃는 것은 누구나 할 수 있다.
일이 잘 풀리지 않을 때 웃을 수 있는 사람이
진짜 마음의 힘을 아는 사람이다.

절망 속에서 희망을 보는 것,
부정적인 상황에서 긍정을 선택하는 것,
이것이 진짜 마음의 힘이다.

뇌 안의 하늘

당신의 뇌는 하늘이 거하는 곳.
무한한 창조의 힘이 당신의 뇌에 내려와 있다.
그 힘을 선택하고 그 힘을 마음껏 써라.

천天

우리는 뇌를 통해 우주의 신성神性과 연결되어 있다.
그래서 뇌에 신神이 내려와 있다는 표현을 쓴다.
이때의 신은 신앙의 대상이 아니라
우주의 법칙과 무한한 사랑, 무한한 대생명력을 뜻한다.

우리의 뇌 안에 신성의 씨앗,
하늘이 내려와 있기 때문에
우리는 매일 더 나은 존재가 되고자 하고
하늘을 닮기 위해 노력한다.

뇌 속에 하늘이 있기 때문에
우리의 뇌는 무한하게 위대해질 수 있다.
우리의 뇌는 우리가 해보지 않은 것, 모르는 것도
우리가 요청하면 충분히 해낼 수 있다.
우리의 뇌는 길이 안 보이면 길을 찾고,
찾아도 없으면 만들어내는 위대한 힘을 지니고 있다.
우리 몸의 모든 장기와 세포는 뇌와 연결되어 있다.
뇌는 내 몸뿐만 아니라
다른 사람들, 지구, 우주 전체와 연결되어 있다.

그래서 우리의 정신이 비전을 선택하면
뇌를 통해 모든 세포가 알게 되고,
이 지구가 알게 되고, 우주가 알게 된다.
그때 우리의 뇌는 우리가 선택한 비전을 이루기 위해
우주의 모든 정보를 끌어오는 '요술뇌'가 된다.

체험한 자기, 당신이 알고 있는 자기에 갇히지 마라.
자기가 아는 것과 경험한 것을 넘어 뇌에게 새로운 질문을 던지고,
새로운 과제를 줄 때, 우리의 뇌는
무한한 창조성을 드러내기 시작한다.

당신의 뇌 속으로 누구든, 무엇이든 초대할 수 있다.
당신의 뇌 속에서 누구든, 무엇이든 만날 수 있다.
당신의 뇌에게 어떤 비전이든 선물할 수 있다.
그러니 이왕이면 세상에서
가장 아름답고 신령한 것을
당신의 뇌 속으로 초대하라.
당신이 선택할 수 있는
가장 위대한 비전을 뇌에게 선물하라.

생명의 순환

유한한 육체의 세계에서
죽음은 생명의 소멸이며 모든 것의 끝이다.
그러나 무한한 에너지의 세계에서
죽음이란 환상이며 오직 생명의 순환만 있을 뿐이다.

생명의 강물은 끝없이 흐른다.
그 강물이 언제 시작되었는지, 언제 끝날지 아무도 모른다.
끝없이 강물은 흘러가고 우리 인생도 흘러간다.
그러나 언젠가 강물이 바다를 만나듯이
우리의 인생도 마지막에 가서는 어떤 바다를 만나게 될 것이다.

사람들은 그 바다를 '죽음의 바다'라고 말한다.
그러나 에너지의 세계를 아는 사람에게 그 바다는 '생명의 바다'이다.
무한한 생명 에너지로 가득 차 있는 아름다운 생명의 바다.
삶은 죽음의 바다로 가는 항해가 아니라
생명의 바다를 만나기 위한 여행이다.

에너지의 세계를 깨달을 때 삶 뒤에 오는 죽음도
또 다른 생명의 연장임을 알게 된다.
죽음은 끝이 아니라 새로운 시작이며 탄생이다.

인간의 육체와 영혼은 죽음과 함께 서로 다른 탄생을 맞이한다.
육체는 대자연의 순환 속에서 수많은 다른 생명으로 새롭게 탄생하고,
영혼은 본래 왔던 근원으로 돌아간다.
생명의 근원인 에너지는 죽음과 함께 소멸하는 것이 아니라
단지 이동하는 것일 뿐이다.

지구의 그림자가 크고 작음에 따라 달이 차고 기울지만
그 달의 실체가 둥그런 것은 변함이 없다.
낮 동안 찬란하게 만물을 비추던 태양이 지고
암흑의 밤이 찾아올 때도
태양은 지구 반대편에서 그대로 빛나고 있다.
마찬가지로 인간의 생명도 삶과 죽음이라는 현상이 있을 뿐이다.

삶과 마찬가지로 죽음 또한 아름다운 선물이다.
우리의 육체적 삶이 유한하다는 것을 알기 때문에
우리는 죽음이 가져오는 존재의 유한성과
무상함을 뛰어넘기 위해 고민한다.
죽음이 있기에 우리는 영원한 진리에 대한 갈망을 키워왔으며,
삶과 죽음을 잇는 에너지와 영혼의 세계를 알게 되었다.
그래서 죽음은 깨달음을 위한 장치이자 영혼 완성을 위한 축복이다.

우리에게는 삶이라는 축복도, 죽음이라는 축복도 주어져 있다.
언제고 돌아갈 영원한 에너지의 세계, 허공이 있으니
걱정하거나 근심할 이유가 없다.
존재의 뿌리를 허공에 두고 가슴에는 찬란한 비전을 품고,
영원한 지금을 의연히 살아간다.
홍익하는 기쁨 속에서 오직 창조할 뿐이다.

홍익

자기 자신의 작은 이익을 넘어
널리 다른 사람과 생명을 이롭게 하고자 하는 마음,
이것은 인간이 가진 가장 고귀한 가치이며
인간의 뇌가 가진 최고의 기능이다.

홍익

지금껏 어떤 삶을 살아왔든
스스로를 어떤 사람으로 평가하든
우리 모두는 자신이 세상을 위해
뭔가 기여한 사람으로 기억되기를 원한다.

인간은 누구나 피해의식과 이기심과
자만심보다 더 깊은 곳,
감각적 즐거움을 찾는 본능보다 더 깊은 곳에
세상을 위해 뭔가 좋은 일을 하고 싶다는
홍익의 본능을 가지고 있다.

홍익의 본능은 우리를 이 세상에 나오게 한 근본적인 힘이며
지치고 힘들어도 세상을 끝까지 살아가게 하는 원동력이다.
이 홍익의 본능이 채워지지 않을 때
우리는 바쁜 하루 일을 마치고 나서도 뭔가 허전함을 느끼며
세상을 마칠 때 자신의 삶에 대해 회한을 품게 된다.

우리의 가슴 깊은 곳에는
이 세상을 널리 이롭게 하겠다는 고귀한 소망이 살아 있다.
이것이 우리 내부에 심어진 신성의 씨앗이다.

우리에게는 저마다 꿈이 있다.
그리고 그 꿈이 자기 개인의 이익 추구에만 머무르지 않고
가족과 이웃, 더 나아가 사회 전체와 인류에
도움이 되기를 바라는 마음이 있다.

어떤 곳에서 어떤 직업을 가지고
어떤 사람들과 함께 일하며 살아가든지
우리는 마음 깊은 곳에서
이 세상을 널리 이롭게 하는 사람이 되기를 원한다.
우리는 원래 홍익인간이다.

이 주의 명상 44

밝은 마음

우리 안에는 밝은 마음, 양심이 있다.
사람이 가진 그 모든 약점,
사람이 행한 그 모든 패악에도 불구하고
그래도 사람이 희망인 까닭은
모든 사람에게 이 양심이 있기 때문이다.

양심陽心

양심은 그 무엇으로도
가릴 수 없고 외면할 수도 없는
우리 내면의 밝은 빛이자 완전한 앎이다.

양심이 있기 때문에
우리는 잘못했을 때 잘못했음을 알고,
균형을 잃었을 때 균형을 잃었음을 알고,
바름과 균형을 되찾을 수 있다.

지혜로운 사람은 누구를 의지하고 믿는 것이 아니라,
자신의 양심을 밝혀 그 양심에 따라
판단하고 선택하고 행동한다.

밝은 양심에 의지할 때,
우리는 홀로 청정하고 밝아서
그 무엇에도 의지할 필요가 없다.

자기 안의 양심의 힘을 모를 때
우리는 태양 빛 속에 있으면서도 태양 빛을 그리워하며
반딧불을 찾아 헤매는 어리석음을 범하게 된다.

양심은 세상의 모든 것을 비추어
진실을 드러내게 하는
밝은 것 가운데서도 가장 밝은 것이다.

우리 모두에게는 양심이 있고,
내가 양심을 따르는 것처럼
다른 사람도 양심을 따를 것이란 믿음이 있을 때
진정한 인간의 가치와 존엄을 실현할 수 있다.

얼씨구나 좋다

아름다운 지구 위에서
수많은 사람들이 생명의 춤을 춘다.
사람들의 마음에 신명이 넘쳐나니
홍익의 기운이 온 지구를 감싼다.
하늘에 생명전자 태양이 빛난다.

당신이 인생의 마지막 길목에서
이런 질문을 받았다고 생각해 보라.
'당신은 인생을 잘 살았는가?'
그때 당신은 무엇을 기준으로 대답하겠는가?
당신에게 기준이 없다면 그 질문에 답하기가 어려울 것이다.

모든 인간의 궁극적인 삶의 목적은
의식의 성장과 영혼의 완성이다.
그리고 각자 저마다의 방식으로,
자신이 선택한 일과 인간관계와 다양한 삶의 경험들을 통해
이 목적을 실현해 나간다.

인생의 목적에 대한 궁극적인 대답은 결국 하나지만,
그것을 자각하고 경험하는 것은 모두 각자의 몫이다.
그러므로 우리 모두의 삶의 목적은
하나이면서 동시에 각자 다 다르다.

나는 누구인가? 내 삶의 목적은 무엇인가?
이 질문에 대한 당신의 답은 무엇인가?

이 질문에 아무런 망설임 없이 선명한 답이 떠오른다면
당신은 이제 참다운 삶을 살아갈 충분한 준비가 된 것이다.
이제 당신이 찾은 그 답을
당신의 삶의 경험을 통해 완성하는 일만 남았다.

큰 사랑

자기와의 사랑이 깊어지면 신성神性과의 사랑이 시작된다.
신성과의 사랑에서 세상에 대한 사랑이 싹튼다.
하늘도 나, 땅도 나, 너와 내가 다 하나이기 때문에
사랑의 대상이 무한대로 펼쳐져, 사랑하지 않는 것이 없게 된다.

자신의 모습을 있는 그대로 바라보기 시작했을 때
그것은 때로 큰 고통이 되기도 한다.
그러나 성장을 위해서는
자기 자신의 참 모습을 직시할 수 있는 용기가 필요하다.

우리는 먼저 어린아이처럼
순수하고 진실해지는 법부터 배워야 한다.
그 진실이 아무리 작고 초라할지라도
진실은 진실이기 때문에 힘이 있다.

자신의 진실과 대면했을 때
그것이 자기가 원하는 모습이 아니더라도 괴로워할 필요는 없다.
우리 안에는 밝고 강한 모습만 있는 것이 아니다.
우리 안에는 어둡고 약한 모습도 많다.
그 어둠과 약함을 가감없이 바라보는 것도 용기이다.

자신의 부족한 점을 바라볼 수 있을 때
우리는 더 겸손해질 수 있다.
참된 성장을 하려면 우선 진실해져야 한다.
아무리 작은 것도 그 진실에서부터 시작하면 된다.

다른 사람에게 잘 보이기 위해서
커 보이는 가짜가 되려 하지 말고,
작지만 진짜가 되려고 노력하라.
작은 진짜가 되어서 점차 키워나가면 된다.

우리의 본질은 도금할 필요가 없는 순금이다.
아무리 단단하고 화려해 보일지라도
언젠가는 변색되고 말 도금을 위해
자신의 귀한 생명과 시간을 허비하지 마라.

이 주의 명상 48

축복의 미소

당신의 미소, 당신의 말 한마디,
당신의 몸짓 하나 하나가
자신과 세상에 축복이 되게 하라.
당신이 있어 이 세상이 더욱 아름다운 곳이 되게 하라.

흔히 '깨달음'이라고 하면
아무런 고통도 없는 지극한 평화와 행복의 상태,
신비한 영적 능력 같은 것을 떠올리는 사람이 많다.

하지만 깨달음은 평화와 행복뿐만 아니라
생명의 현상 중 하나인 고통까지도
조건 없이 사랑하고 받아들이는 것을 뜻한다.

그렇기에 깨달음은 삶의 작은 고민들을 걷어가는 대신
우리에게 더 큰 고민들을 안겨 주기도 한다.

세상의 문제가 자신의 문제 이상으로 걱정되고
모든 생명의 안녕을 바라는 마음이 깊어져
만인과 만물과 만사의 고통이 다 내 것이 된다.

이것은 깨달음이 가져다주는 선물이자 깊은 고뇌이다.
깨달아도 인생의 희로애락으로 고통을 받는다.
다른 점이 있다면 그 모든 것을 경험하되
그것에 휩쓸리지 않는다는 것이다.

마치 깊은 바닷속에 고요히 앉아서
때로는 사납게 요동치고, 때로는 부드럽게 출렁이는 파도를
담담하게 바라보는 것처럼
현상을 경험하지만 현상에 동요되거나 휩쓸리지 않게 하는
무엇인가가 자기 안에 있다는 것을 느끼는 것이다.

고통을 모두 걷어가는 그런 깨달음은 세상에 없다.
다만 고통에 휩쓸리지 않게 하는 깨달음,
고통 속에서도 축복을 발견하는 깨달음,
자신이 발견한 축복을
세상과 나누려는 열렬한 마음으로
삶의 고통을 녹이는 깨달음이 있을 뿐이다.

이 주의 명상 49

운명을 바꾸려면

운명을 바꾸고자 한다면 먼저 그것을 진실로 원하라.
원하지 않는 것은 일어나지 않는다.
간절하게 원하는 것은 뜻이 된다.
뜻이 굳건하게 서면 열정을 품게 된다.
열정에는 실천이 따르고, 끊임없는 실천은 운명을 바꾼다.

개운改運

운명을 바꾸려면 가장 먼저
자신이 선택할 수 있는 존재라는 것을 알아야 한다.
나의 가치는 내가 결정한다는 자각이 있어야 한다.

우리 모두에게는 그 무엇으로도 훼손할 수 없는 절대적인 가치가 있다.
자기 자신 안에 내재한 그 절대적인 가치를 스스로 느껴야 한다.

운명을 바꾸기 위해 특별한 영감이나 기적이 필요한 것은 아니다.
중요한 것은 건강한 이성과 지성과 양심을 가지고
자신의 길을 스스로 판단하고, 선택하고, 결심하는 것이다.
그 선택과 결심을 정직하고, 성실하고, 책임감 있게 실천하는 것이다.

운명을 바꾸고자 한다면 절대 남 탓을 하지 마라.
책임이 나한테 있다고 느끼는 사람은
문제를 극복하기 위해 변화를 만들어낸다.
남 탓을 하는 순간, 변화는 없다.

남 탓하는 꿈을 꾸었다면
정말 나쁜 꿈을 꾸었다고 진저리를 칠 정도로
남 탓하기를 경계하라.

자신이 선택하고 결정한 것에 대해서는
스스로 책임지는 성숙함을 보여야 한다.
제일 한심한 사람이 자신이 해야 할 선택을 남에게 미루고,
자신이 실패한 원인을 다른 사람에게서 찾는 사람이다.
그런 사람에게 변화와 발전이란 있을 수 없다.

무엇을 하든, 내가 선택하고 결정했다는 것이 중요하다.
산을 오르다가 눈에 띈 흔한 돌멩이 하나도
자신이 특별한 의미를 부여하면 귀중해진다.
다른 사람 눈에는 아무것도 아닐지라도
내게는 황금보다 귀할 수 있다.

오늘은 아주 좋은 날이다. 왜 그런가?
내가 좋은 날이라고 정했기 때문이다.
내가 선택했으므로
나는 오늘을 좋은 날로 만들 것이다.

운명을 바꾸는 것은 이와 같다.

하나의 세계

모든 것이 하나임을 아는 자각에서부터
세상을 힐링하고자 하는 마음이 생기고
모든 생명에 대한 사랑이 나오며
그 사랑을 실현하기 위한 창조가 이루어진다.

한세계○世界

우리의 가슴 깊은 곳에서 타오르는 불빛이 있다.
언제 어디서부터 시작되었는지 모르지만, 타오르는 불빛이 있다.
그 불빛은 아무리 끄려 해도 끌 수 없고
그 무엇으로도 훼손할 수 없다.
그 불빛이 바로 우리의 신성神性이요, '일一'이다.

'일'은 시작도 끝도 없이 홀로 스스로 존재하는 영원한 생명이며,
모든 것이 그것에서 나와 그것으로 돌아가는
존재의 근원을 가리킨다.
우리가 육체의 소멸과 더불어
사라진다고 생각하는 '나'의 역사 또한
그 '일'과 더불어 시작도 끝도 없다.

이 '일'의 의미를 깨달은 사람은
자신의 삶이 존재의 근원인 '일'에 뿌리를 두고 있듯
다른 사람들의 삶도 마찬가지임을 알게 된다.
우리 모두가 한 얼(정신) 속에 한 울(울타리) 안에
한 알(생명)임을 자각하게 되는 것이다.

이 '일'의 의미를 깨달을 때 우리는
분리된 개체로서의 나는 허상이며,
자신과 모든 생명체, 나아가 존재하는 모든 것을
생명이라는 한 그루 나무에 핀 각각의 꽃으로 볼 수 있게 된다.

모두가 하나이지만 또한 모두가 서로 다르고,
그럼에도 그 근본은 역시 하나인 세계를 볼 수 있게 되는 것이다.
우주 안에 홀로 떨어진 하나란 없다는 것을 깨달은 사람은
모든 생명을 이롭게 하는 삶을 선택하게 된다.

차크라 인간

몸 속에 빛나는 일곱 개의 보석, 차크라가 살아난다.
마음 저 깊숙한 곳에서 환희심이 올라온다.
그 에너지, 온 얼굴로 퍼져나가 환하다.
덩실 손이 저절로 움직이며 영혼의 춤을 춘다.
빛의 사람이여, 아름답구나!

밝은 얼굴을 하는 데는 아무 이유도 없다.
기분이 좋아서 밝은 얼굴을 하는 것이 아니다.
무조건 하는 것이다.
밝은 얼굴을 할 기분이 아닌데 하려니
처음에는 뇌가 불편해할 것이다.
하지만 연습하다 보면 익숙해진다.
이것은 선택의 문제라는 것을 알게 된다.

밝고 평화롭고 사랑과 자신감에 넘치는 눈빛,
당신이 창조할 수 있는 최고의 눈빛을 만들어라.
자신의 뇌력으로 눈빛을 조절해보라.

당신은 뇌에서 평화와 행복을 창조할 수 있다.
그 평화와 행복을 온 얼굴로 발산하라.
당신의 눈이 긍정적인 에너지로 빛나게 하라.
"저 사람은 왜 저렇게 행복한 얼굴이지?"
주위 사람이 의아해 할 정도로 밝은 얼굴과 눈빛을 스스로 창조해보라.

허리를 세우고 가슴을 펴라.
당신의 일곱 개 차크라가 모두 열리고
무한한 생명의 에너지를 뿜어내게 하라.

자신감 있고 당당한 자세를 만들어라.
자신의 뇌 속에 아름다운 꿈을 심어라.
스스로 긍정적인 에너지를 창조하여
부드럽고 평화로운 눈빛을 만들어라.

매일매일 좋은 뉴스를 만들어라.
좋은 뉴스가 건강한 뇌를 만든다.
항상 긍정적인 생각 속에서 살아라.
긍정적인 생각이 기적을 만든다.

절망이나 갈등 속에는 희망이 없다.
절망이나 갈등을 선택하지 말고
어떤 상황에서도 희망을 선택하라.
희망은 선택이다.

희망이 있는 사람, 희망을 주는 사람은 아름답다.
인생에는 많은 고통이 따르지만
희망을 갖는 순간 인생은 빛난다.
희망이 인생의 고통 자체를 사라지게 하지는 않지만,
희망이 있을 때 고통은 의미를 갖는다.
위대한 희망은 고통마저도 아름답게 만든다.

이 주의 명상

52

하늘이 되다

내 안에 순수하고 소중한 영혼이 있음을 알고
그 영혼을 성장시키는 삶을 살아냄으로써
마침내 내 안의 하늘, 신성神性과 하나가 된다.
사람 안의 영혼이 자라 신성과 하나 되는 것,
이 아름다운 탈바꿈을 '천화仸化'라 한다.

천화 仸化

인간에게는 육체적인 생명과 사회적인 생명
그리고 영적인 생명이 있다.
이들은 서로 긴밀하게 연결되어 있으며,
이 세 가지 생명력이 모두 왕성할 때 참다운 건강을 누릴 수 있다.

육체적인 생명력을 키우기 위해서는
적절한 운동과 영양, 휴식, 놀이 등이 필요하다.
그러나 무엇보다 중요한 것은
'내 몸은 내가 아니라 내 것'이라는 인식이다.
이러한 인식이 있을 때 우리는 몸에 끌려다니지 않고
자신의 몸이 가진 기능과 에너지를 뜻대로 활용할 수 있다.

사회적인 생명력은 인간관계 속에서
자신의 존재 가치를 실현하는 과정을 통해 얻어진다.
정직, 성실, 책임감을 바탕으로 자신이 맡은 역할과 책임을 다하고,
이웃과 사회를 위해 공헌할 때 주위의 신뢰를 얻게 되며,
그러한 신뢰 속에서 사회적 생명력이 왕성해진다.

영적인 생명력은 육체와 인격이 자신의 전부가 아니며,
자신은 영적인 존재라는 것을 자각했을 때 생긴다.
이러한 자각 위에서 영혼의 본래 성품인

평화와 조화와 사랑을 실천할 때 영적인 생명력이 커진다.

아무리 몸이 건강하고 사회적으로 성공했다 하더라도
영적인 생명력이 충만하지 않으면
우리의 삶은 의미와 열정을 잃고 퇴색하게 된다.
왜냐하면 우리는 본질적으로 영적인 존재이며
영혼의 완성에 대한 갈망과 의지를 갖고 있기 때문이다.

영혼은 우리 내면에 존재하는 완전성이다.
우리에게 그러한 내면의 완전성이 있고,
그 완전성에 가 닿으려는 의지가 있기 때문에
우리는 마침내 신성神性과 하나가 될 수 있다.

애벌레가 탈바꿈을 하여 나비가 되듯이
모든 사람은 자신 안의 거룩하고 위대한 영혼을 발견하고
그 영혼을 완성시키는 천화仸化의 삶을 살 수 있다.

하지만 이것은 의식적인 자각 없이는
결코 절로 이루어지지 않는다.
천화의 삶을 살기 위해서는 자신 안에 영혼이 있다는 것을 알고
매순간 그 영혼의 가치를 실현하는 선택을 해야 한다.